「ひぃうッ」

息を呑んだフローラを宥めるように、今度はちゅっと乳房に口づける。

イヴァーノの手に包まれたそれが、ぐにゅりと姿を変えた。

大きく開いた口が、ぱくりと先端ごと口に含む。

温かな口内に迎え入れられたそれは、舌で舐られ、吸い上げられ軽く甘噛みされる。

歌姫のたまごですが
富豪侯爵に
溺愛されています

白柳いちか

Vanilla文庫

歌姫のたまごですが富豪侯爵に溺愛されています

目次

イラスト／蜂 不二子

1．歌姫のたまご、新たな世界を知る

大陸東部に位置する王国ラポールは、芸術の国と言われている。

それもそのはず、ラポールの信仰する神は、芸術と音楽の女神だ。その中でも、殊更声楽に力を入れてきたのは、女神が王国の祖となる娘の歌声を好み、その娘に祝福を授けたからと言われている。

それからというもの、ラポールではありとあらゆる場所で歌が歌われる。

揺り籠から墓場まで。ラポールに産まれた人間は、絶えず歌と共に生きている。

教会で歌による洗礼を受け、教会に歌と共に祈りを奉げ、毎年誕生と成長を歌によって祝い、死にゆくときも歌と共に送り出される。

それだけを聞けば、とても宗教色が強いように捉えられがちであるが、それだけではない。芸術の国と言われるだけあって、歌劇も盛んである。数多くの歌劇団が公演を繰り返し、そのレベルは他国の追従を許さない程。

ラポール国内でしか公演を行わないという老舗の歌劇団もあり、その公演を見るためだけにラポールを訪れる観光客も少なくない。

そのような国であるからして、当然のように音楽教育には力を入れている。

ラポール国立音楽院

その名の通り、国立の音楽学校である。その音楽院の中でも、一目置かれているのが、『女子声楽家』。女子生徒だけの声楽クラスで、女性の声楽家である通称『歌姫』を養成するクラスである。

全寮制の六年制。

その出自は問われることなく、授業料も寮費も無料。求められるものは、生徒達の音感と声の質のみ。その代わり、音楽教育だけでなく、歴史、文化、教養など幅広く、そして厳しく指導されることで有名である。

だからこそ、その卒業生の大半は、教会の聖歌隊や宮廷楽団、有名歌劇場などで『歌姫』として活躍するものばかりであると言える。

フローラもそんな名誉ある音楽院の生徒である。

フローラ・コンテスティ。

亜麻色の髪と碧《あお》の瞳を持つ、少しばかり幼げな風貌の少女である。

実家は、海沿いのリゾート地で観光客相手に商売をする食堂だ。そんな平民である彼女が、こうして名誉ある音楽院の生徒をしていられるのは、ひとえに運が良かったからに他ならない。

観光客相手の商売は、それなりに実入りがよく、実家の商売は上手《うま》くいっていると言っても過言ではない。それに加えて、十年程前からとある元『歌姫』が療養として海沿いのリゾート地に滞在していた。

そんな彼女が、開いた私塾に通うことを両親に認められ、田舎では歌が上手いと持《も》て囃《はや》された。それゆえに、領主の援助を得て、音楽院の入学試験を受けることができたのである。

田舎の領地から王都に出るには、それなりの費用がかかるものだ。

王都までの旅費と滞在先を準備し、フローラを含め数名の少女達に入学試験を受けさせるというのは、簡単なことではない。つまりは、それだけ領主に理解があったということだ。

そんな幸運に恵まれて、フローラは子爵領から唯一、このラポール国立音楽院に入学を果たした。

とはいえ、入学したからといって、そう簡単に『歌姫』になれるわけではない。国中のあらゆる地域から選《よ》りすぐりの少女達が学ぶこの場所で、結果を残すことは並大抵のことではなかった。

　多くの少女達は、大抵が王都出身者である。幼少期からちゃんとした音楽教育を受けて、入学してきているのだ。所詮付け焼刃でしかないフローラが、高度教育を受けてきた彼女たちに簡単に叶《かな》うはずもない。

　そうして結果が残せないまま、在学期間もあと残り一年となろうとしていた。


「第五学年フローラ・コンテスティです。学院長、お呼びでしょうか」

　突然の呼び出しに、フローラはおずおずと学院長の部屋の扉を叩《たた》いた。

　ラポール国立音楽院の現在の学院長は、歌姫出身の女性声楽家だ。王宮楽団に所属していたこともあるという、国内において一目も二目も置かれる人物である。

　そんな彼女からフローラのところに呼び出しがかかったのは、ついさっきのことだ。要件に思い当たることはないが、ひとまず取るものも取らずこうしてやってきたというわけである。

「フローラさん、いらっしゃい。どうぞお入りになって」

　室内から返ってきた返答に、ゴクリとフローラは唾を飲み込んだ。

「……失礼します」

　重厚な木製の扉を開くと、そこは独特の世界観が広がる。

真っ白な壁に、その壁一面に並ぶ肖像画の数々。そのどれも、歴代の学院長のものである。

毛足の長い絨毯《じゅうたん》が床一面に敷かれ、中央には応接セットが鎮座する。その奥には、学院長のデスクがあり、その背面の壁には、大きなラポール国旗が掲げられていた。

髪に少し白いものが混じる初老の女性が、フローラを捉えてにこりと笑みを浮かべた。彼女こそが、このラポール国立音楽院の現学院長であった。

デスクの席から立ちあがった彼女が、フローラに応接セットのソファを勧めた。年代物のソファにおずおずと腰を下ろせば、学院長がその向かいに腰を下ろす。

「フローラさん、先日の芸術祭の独唱、いつになくいい出来でしたね」

背筋を真っすぐに伸ばした学院長が、にっこりと笑みを浮かべたままそうフローラを褒めた。彼女の言葉に、何を言われるかと身構えていたフローラの体から力が抜ける。

「……！　ありがとうございます」

毎年、ラポール国立音楽院では、その年の成果発表の場が設けられている。それが『芸術祭』である。第五学年であるフローラ達の演目は、歌劇であった。

古典演目である『天の采配』で、フローラは短いながらも独唱の機会を得ていた。初めての独唱。これが最初で最後かもしれないと、練習にも気合が入っていたこともあり、自他共に認めるいい出来であったのだ。

それを学院長自らお褒めの言葉をいただいたのだから、感動もひとしおである。そんなフローラの反応に、彼女は微笑《ほほえ》ましげに瞳を細めた。

「それでね、貴女《あなた》も来年度は最終学年でしょう？　ぜひとも支援制度を利用して、貴女を支援したいと申し出てくださった方がいるの」

「支援制度……ですか？」

突然降ってわいたような申し出に、フローラはぱちくりと瞳を瞬かせた。

もちろん、この学院の生徒としてフローラも、そんな制度があることは知っている。

ラポール国立音楽院の最終学年の生徒に認められるそれは、優秀な学生に音楽活動における支援者を宛《あて》がう仕組みである。

最終学年ともなると、発表の場がぐっと増える。学院内だけでも公演が何度も開催され、学外の発表の場へも参加が認められるようになる。

それらに参加し、結果を残そうと思えば、個人レッスン代や衣装代など諸々《もろもろ》の費用が必要となる。もちろん、レッスンは学院内でも受けられるし、衣装も貸し出されている。しかし、それらと個人で準備するのとでは雲泥の差があるのだ。

全ての生徒の生家が、裕福というわけではない。

そこで、将来の歌姫となる彼女たちの活動を支援する者を学院が窓口となって募集するのだ。

毎年開催される芸術祭や公演には、音楽に造詣の深い有力者が多く招待される。そして、彼らに支援者となってもらうことで、生徒の音楽活動を支援してもらうのである。

このラポールという国は、芸術の国。稼いだ富は、芸術活動に還元せよという考え方が昔からある。それゆえに、支援が集まりやすいというのもある。

支援者は、厳密に学院によって調査されている。だからこそ、生徒側も安心して支援を受けられるのだ。学生側は、支援者を得ることで音楽活動に幅を広げることができ、支援者は、学生が歌姫として認められることで名声を得る。学院側としては、追加投資をせずとも優秀な卒業生を輩出することができるという一石二鳥どころか一石三鳥の仕組みだと言われている。

もちろん、年頃の少女たちの支援者となるには、学院の厳しい審査もある。不埒《ふらち》な思いを抱いて支援者に名乗り上げる者は、当然ながらどれほど資産を積み上げようとも許可はされないようになっていた。

「ええ、貴女の独唱をとても気に入ってくださったのですって。ですから、ぜひ来年度から支援させて欲しいとお話がありましたわ」

「わたしに……支援……」

突然の話に、フローラはついていけず、ただぽかんと学院長を見るしかない。フローラの成績は、中の下。決して優秀な学生であるとは言えるものではない。上位成績者の多くは、幼少期から高度な教育を受けてきた者たちで占められている。だからこそ、そういう支援制度があるということは知っていても、自分に当てはまるなどと考えたこともなかったのである。

「お相手はね、この学院にも多大な寄付をしてくださっているの。人柄も立派で、音楽に対してもとても理解がとても深いわ。とてもいいお話だと思うの」

「いいお話……」

どこか現実感がないまま、フローラは学院長の言葉を反芻《はんすう》する。

「そうよ。トゥーリオ侯爵から支援のお話をいただけるなんて……」

「トゥーリオ侯爵……？」

「あら、フローラさん。トゥーリオ侯爵をご存じない？」

学院長の問いかけに、フローラは素直にこくりと頷《うなず》いた。

元々実家は食堂で、上流階級に縁はない。有力者の名前など、到底フローラが知るはずもなかった。そんなフローラに、これ以上説明しても意味がないと思ったのか、学院長がトゥーリオ侯爵の話を打ち切った。

「ひとまず、とてもいいお話なの。でもすぐに決断はできないわよね？　少し考えて、お返事いただけるかしら？」

こくりと頷いたフローラに、学院長がにっこり笑う。

そうして、ぼうっとしたままフローラは、どうやって帰って来たのかの記憶もないまま、呆然《ぼうぜん》と寮へと戻った。

「フローラ？　学院長何ですって？」

部屋に戻ったフローラにそう声をかけてきたのは、同室の友人クリステルだ。黄金色の髪と緑色の瞳を持つ彼女は、かなりの美少女で、その外見に見合う甘い声を持つ。

そんな彼女にも、すでにいくつか支援者の話があると聞く。とはいえ、実家がかなり裕福な男爵家であるため、支援を受ける必要もさほどないらしい。よほどいい話があれば考えてもいいと、前に話していた記憶がある。

「うん……クリステルは、支援の話受けないのよね？」

成績優秀な友人は、どうするのだろうか。美しい緑色の瞳をじっと眺めながら、フローラは彼女にそう問いかけた。

「支援？　支援制度ってこと？　……もしかして、フローラ！　学院長の話ってそれだったの!?」

身を乗り出して問いかけるクリステルに、フローラはおずおずと頷いた。

「やっだ、どこの誰？　不届き者だったら、このクリステル様が許さなくてよ！」

そんな彼女の言い草が面白くて、フローラは小さく笑い声をあげた。可愛《かわい》らしい外見を持つ彼女であるが、その中身は結構苛烈である。

「不届き者って……トゥーリオ侯爵って学院長は仰《おっしゃ》っていたわ。クリステル、知っている？」

「トゥーリオ侯爵ですって⁉」

口をあんぐりと開けたクリステルに、フローラは瞳を瞬かせた。彼女がこれほど驚くのは、非常に珍しい。

「……そんなに、有名な人？　侯爵っていうくらいだから……とても高貴な人だっていうことはわかるんだけれど……」

男爵、子爵、伯爵、侯爵……と順に高貴な身分になっていくことくらいは平民のフローラでも知っている。侯爵位は、王家を除く最高位の公爵の次に高貴な身分である。つまりは、平民であるフローラにとっては、雲の上の人という認識だ。

「いや、有名も有名。むしろ社交界では時の人ってくらい有名な人だけれど……フローラ本当に知らないの？」

「ぜんぜん……」

素直に首を振ったフローラに、クリステルが苦笑する。

「まぁ、そうよね。わたしは実家の繋《つな》がりで嫌でも知っているけれど、フローラは違うものね」

「うちの実家……田舎の食堂だし」

フローラは、クリステルとは違って全くの平民だ。それも避暑地として有名な地域の田舎の食堂である。当然ながら、高貴な身分の客が表立ってくるような店ではない。

「あら、わたしフローラの実家の食堂好きよ」

「ありがとう。クリステルにそう言ってもらえると、両親も喜ぶわ。また遊びに行ってあげて」

クリステルは、長期休暇中に家族と避暑に出かけた時には、食堂に寄ってくれるのだ。フローラの実家は、田舎の食堂ではあるものの、あの地域ではお忍びで貴族が訪れることもある店だ。王都の店とは比べようもないが、小さな田舎町ではそれなりの需要がある。

とはいえ、それも下級貴族が中心で、高位貴族にはお目にかかったことなど当然ない。彼らは避暑や観光であの地を訪れても、大抵は料理人付きで別邸に滞在するのだ。フローラの実家など訪れるわけもない。

「それで、トゥーリオ侯爵ってどうしてそんなに有名なの？　学院長も大絶賛していたけれど」

学院長の姿を思い出せば、珍しいほどの力の入りようだったのだ。多くの高位貴族をあしらうこともままある彼女にしては、珍しい姿だった。

「まぁ、学院長なら褒めちぎるでしょうね。トゥーリオ侯爵って、すごい金額の寄付を音楽院にしてくださっているって話だから」

「すごい金額の寄付……」

ラポール国立音楽院は、その名の通り国が運営する学院であるが、その運営費がすべて国から拠出されているわけではない。門戸を広げるために、学生から学費を取っていないので、どうしても運営費が嵩《かさ》むためだ。

それに何より、高等教育を授けようとすれば、おのずと運営費も上がる。

一流の設備に一流の教師、そして最適な環境。それらを維持するために、数多から寄せられる寄付は、音楽院の運営にとって欠かせないものになっていた。

「一時期、トゥーリオ侯爵を学院の理事に……っていう話もあったらしいんだけれど、仕事が多忙でお断りされたんですって」

理事に推薦されるまでとは、どれほど多くの寄付をしているのか。

音楽院の理事長は、王族の中でもとりわけ音楽に精通した者が選出される。現在の理事長は、先の国王の弟であった大公閣下が務めている。

理事に名を連ねるのは、名だたる大貴族ばかりだ。とはいえ、大体が親族に歌姫を輩出しており、歌姫教育には理解が深い者ばかりである。人格者として認められたものしか抜《ばっ》擢《てき》されないと言われていた。

歌姫教育は、ある種の国家事業であり、イメージが大切なのだ。

「そんなすごい人が……なぜ？」

フローラ自身、とてもそんなすごい人のお眼鏡にかなうとは思えない。フローラは、万年コーラスに甘んじているのだ。今回の芸術祭の独唱は、たまたま演目として独唱パートの多いものであったから、フローラに回ってきたにすぎないのだ。

いつもは、後ろでコーラスをつとめるのが精いっぱい。

これがフローラでなく、クリステルであったならば、納得もいく。彼女はとても可愛らしい外見をしているし、その外見に見合った可愛らしい声をしている。

現在の第五学年で、娘役と言えばクリステルだと言われているほどだ。

「さぁ？　トゥーリオ侯爵の気持ちはわからないけれど……でも、フローラのあの独唱すっごくよかったもん」

芸術祭のフローラの役は、湖の精霊の役だ。役柄としては、ほんの端役、傷ついた乙女をその歌声で慰め、癒《いや》すためだけの独唱だ。もちろん、傷ついた乙女の役は、満場一致でクリステルであったのは言うまでもない。

「ありがとう。クリステルの娘役も最高だったわ」

「あら、それはあたりまえでしょう？　わたしを誰だと思って？」

つんっとわざとらしく高慢に振る舞ってみせたクリステルに、二人は顔を見合わせて笑った。

「まぁ、トゥーリオ侯爵って悪い噂《うわさ》聞かないし、今まで単独で個人の支援をしているっていうのも聞かないから、支援の方向性を変えるのかもしれないね？」

「……方向性？」

「うん。もともと侯爵は団体にしか寄付しない人なのよ。トゥーリオ侯爵家ってうちとは比べ物にならないくらいの資産家でね、海運業を生業にしているんだけど……海運王とか富豪侯爵なんて別名もつくくらいのお金持ちらしいのよ」

「……海運王」

　スケールが大きすぎてあまり実感がわかないフローラは、ぽかんとクリステルを見返すことしかできない。そもそも田舎の食堂の娘に、海運業が何なのかさえぴんとこないのだ。

「……とにかく、とんでもないお金持ちってこと。だから、個人に支援し始めたら、有象無象が寄ってきちゃうでしょう？　だから、個人には寄付しないって名言していたらしいのよ」

　お金のある所には、人が集まる。支援してほしいと群がられるのが、面倒だということだろう。それくらいなら、フローラでもわかる。

「そんな侯爵が、どうしてフローラの支援をって言い出したのかはわからないけれど……個人的には、いい話だと思うな。やっぱりどうしても支援してくれる人って必要になるだろうし」

「……必要、なのかな？」

いまいち実感がわかなくて首を傾《かし》げたフローラに、クリステルは真面目な表情で首肯した。

「お母様は、絶対に必要だって言っていたよ。支援者の人って、顔を売るためにいろいろ連れ出してくれるらしいしね」

クリステルの母は、元歌姫だ。それもあって、こうしていろいろと情報を教えてくれる。

「連れ出してくれるって、どこに？」

「サロンとかじゃない？　どうしても、歌姫になるには顔が売れていた方が圧倒的に有利だって言うし。特に、劇場とかはそうじゃないかな？」

この国には、多くの劇場がある。そして、それぞれで役者を抱えているのだ。知名度が高い歌姫や役者が多い方が、客足も伸びるため、知名度がものを言うらしい。

学生だけでは、親がよほど有力者でもない限り、サロンになど出入りできない。平民の出であるフローラなど、なおさらだろう。

「これに関しては、わたしもフローラに協力してあげられないしね。ほかに強い伝手《つて》が作れるのであれば、作っておいた方がいいよ」

それもそうだろう。今でこそこうして助けてくれるクリステルであるが、来年度になれば、彼女もまた自分のことに必死になる。彼女の場合は、母親と同様国立歌劇場狙いであるため、なおさら狭き門なのだろう。

難しい表情で考え込んだフローラに、クリステルが首を傾げた。

「受けないの？」

「……正直、悩んでいる」

「どうして？　支援されることに、悩んでいるわけじゃないんでしょう？　だって、フローラもともと領主の支援受けて入学してきたって言ってなかった？」

「そうなんだけど……領主様は、昔からずっと知っているもの」

田舎の小さな町なのだ。町のみんなが知り合いといってもいい。領主といえども親戚の小父《おじ》さんみたいなものだし、彼の息子はフローラと歳《とし》も近く、幼馴染《おさななじみ》といっていい間柄である。

「あ――……そっか、フローラにとっては全くの知らない人だものね。不信感が湧くのも当然と言えば当然か」

妙に納得したように、クリステルが頷いた。

「だったら、一度お会いしてみれば？」

「え？」

思ってもみなかったクリステルの返答に、フローラは瞠目《どうもく》した。そんなフローラの反応に、クリステルが苦笑を漏らす。

「だって、知らない人だから受け入れていいかどうか不安なのよね？　だったら、会ってみるしかないじゃない」

　もっともな正論であるが、ただの一学生でしかないフローラが、そんなことを高位貴族相手に希望してもいいものなのか判断できない。

「でも……相手は偉い方なんでしょう？　侯爵様とか、わたしお会いしたことないし。それに、そんなこと言って怒らせちゃったら……」

「やっだー、フローラ。そんなことで相手が怒るようなら、それだけの相手だったってことでしょう？　そんな人、支援者にしたら大変よ～」

　そう言ってケラケラと笑ったクリステルに、フローラは眉を下げた。

「そうかな？」

「そうよ～、だからまずは、素直な気持ちを学院長に相談してみたら？　学院長ならきっとうまく取り計らってくれるわ」

　クリステルは、にっこり笑ってそう言い切った。そうして、彼女に勧められるがままに、フローラは、その旨を学院長へと伝えると、侯爵との面会の席が設けられることになったのである。


　音楽院の広い庭園の一角にある四阿《あずまや》。

　支援者やお客様をお迎えする特別な場所であるそこは、三方を緑に囲まれ、人の目につかない作りになっている。その一方で、大声を出せば警備の者に聞こえる距離という絶妙な場所である。支援者やお客様の半数は、男性である。それゆえに、学生と二人きりで顔を合わせるために、こうした場所が準備されていた。

学院長自らが、四阿にフローラを案内してくれる。

その場所には、すでに人の姿があった。

四阿にあるベンチに、長い足を伸ばして座る一人の男性。黄金色の髪を風に靡《なび》かせ、手元の書類を難しい表情で見つめている。

歳の頃は、三十代前半といった感じで、爵位を持つくらいだから年配の男性を想像していたフローラは、想像との違いに、瞳を瞬かせた。

「トゥーリオ侯爵閣下、お待たせして申し訳ありません」

学院長が声をかけると、その男性が書類から顔を上げて立ち上がった。その仕草は非常に洗練されており、無駄がないのにもかかわらずどこか優雅だ。学院長の手を取った彼が、その手に口づけをする。

「学院長、本日はご招待いただき、嬉《うれ》しく思いますよ」

「こちらこそ、侯爵閣下をお迎えできて光栄ですわ」

彼の挨拶を受けた学院長が、微笑を湛《たた》えたままフローラを振り返った。

「公爵閣下、この子が、先日湖の精霊を演じたフローラですわ」

学院長に促されて、フローラは緊張する体を叱咤《しった》して、深く膝を折った。そんなフローラの所作に及第点を貰《もら》えたのか、学院長が笑みを深くする。

この手の礼儀作法に関しては、学院で厳しく教えを受ける。歌姫を目指すということは、将来的に高位貴族に接する場が多くなるということだ。全ての生徒が同レベルの礼儀を学んでいるわけではないため、王族相手にも通用するレベルを授業で教えられているのである。

「初めてお目にかかります。第五学年に所属しております、フローラ・コンテスティと申します。こうしてトゥーリオ侯爵閣下にお会いできて、光栄です」

「あぁ、先日の独唱は素晴らしかったよ。こうして会うことができて、わたしも嬉しい。イヴァーノ・トゥーリオだ。侯爵位を拝命している」

冷たい印象を与える灰褐色の瞳が笑みの形を作り、その印象がぐっと柔らかくなる。

喫茶室にて準備されたティーポットと二客のティーカップ。それを受け取った学院長が、フローラに茶を淹《い》れるように告げて、侯爵へと向き直る。

「では、わたくしはこれで失礼いたしますわ。何かあれば、そこのベルでお知らせくださ い。近くの喫茶室の者が参りますので」

「ええ、わかりました。では、のちほど」

「お待ちしておりますわ」

そう言ってにこやかに微笑《ほほえ》んで見せた学院長が、フローラの肩に手を添えると、そのまま来た道を戻っていく。

「どうぞ、侯爵閣下。お口に合うとよろしいのですが……」

ティーカップを彼の前にそっと置く。そして、迷った挙句、フローラもカップを手に彼の前のベンチへと腰を下ろした。

こうして正面に腰を下ろすと、彼の美貌が露《あら》わになる。

その瞳の色のせいか、冷たい印象を与える美貌も、どこか色気を感じる甘さがある。

カップに口をつけた彼が、先に口火を切った。

「先ほども言ったが、先日の芸術祭の湖の精霊の独唱はとても素晴らしい出来だった」

手放しで真っすぐに称賛されて、フローラは僅かに頬《ほお》を染めた。あまりこうして正面切って褒められることがないフローラにとって、他者からの称賛はどこか恥ずかしくもある。

「……ありがとうございます。そう言っていただけると、光栄です」

「独唱は、初めて？」

「はい。今年初めて独唱パートのある役をいただきました。それまでは、コーラスを……」

「なるほど……だから気が付かなかったのか」

何かを一人納得するように、彼が頷いた。

「先日の独唱をもう一度聞きたいのだけれど、ここで歌ってくれないか？」

思わぬ提案に、驚きつつも、フローラはこくりと頷いた。

四阿の中には、小さな舞台もある。舞台というほど立派なものではない小さな台座だが、支援者たちに乞われた場合に、学生が歌うための場所だ。

フローラは、その場所に立つと、何度も練習をした歌を歌いあげる。

彼女の透明感のある声は、繊細な水辺の精霊を作り出し、その哀愁を漂わせる。まるで清廉な空気と、自然あふれる湖の畔《ほとり》にいるような錯覚さえ感じられて、瞼《まぶた》を閉じたイヴァーノは、満足げに息を吐いた。

時間にしてものの数分。それでも十分な満足感がある。まだ粗削りな部分は認めるが、それが磨かれた時、どのように輝くのか非常に興味が惹《ひ》かれるのだ。

歌い終えたフローラが、不安げにイヴァーノに視線を向ける。そんな彼女を安心させるためか、イヴァーノは口の端を上げた。

「やはり素晴らしいね。ここが音響設備の整ったホールでないことが、残念なくらいだ」

「……ありがとうございます」

「讃美歌《さんびか》は、歌えるかい？」

「歌えます」

こくりと頷いたフローラに、イヴァーノもまた満足げに頷いた。

「二十八番は？」

「大丈夫です」

讃美歌は、得意な方だ。

讃美歌は、芸術と音楽の神である女神を称《たた》える歌である。全部で三百曲くらいあると言われている。その中でも百番台までは古くから伝わる歌で、音楽院の授業でも繰り返し練習しているものだ。

イヴァーノが指定した二十八番は、その中でも有名で、街の教会でも度々歌われている歌である。フローラも幼少期から親しんでおり、大好きな曲のひとつでもあった。

フローラが朗々と歌い上げれば、イヴァーノはその歌声を堪能するように瞳を閉じた。

高く、そして時には低く響く旋律。

その繊細な音楽は、くるりくるりと四阿を取り巻いて、静謐《せいひつ》な空気に変える。

「……素晴らしいな」

どこか感動するように、イヴァーノがぽつりと漏らした。

ここまで手放しでフローラの歌声を褒めてくれたのは、家族を除けば彼が初めてだ。特に、音楽院に入学してからは、周りとの実力差に愕然《がくぜん》とさせられ、どこか歌姫となる夢も諦めかけていたようにも思える。

どこか戸惑うような表情を浮かべたフローラに気づいたのか、イヴァーノが苦笑を漏ら

す。

「たしかに、技術はまだ今一歩というところだろうが、その声はやはり捨てがたい。その透明度と伸びやかな声質。声に色がないからこそ、讃美歌がよく合う」

初めて言われた感想に、フローラはぱちくりと瞳を瞬かせた。

そんなフローラに、イヴァーノが笑った。

「さぁ、ここに座って。本題に入ろう」

ベンチに再度腰を下ろすと、空になったティーカップに、イヴァーノがポットから茶を注ぐ。そんな彼の姿に、偉い人でもこんなことをするのかと僅かに瞠目すれば、彼が苦笑する。

「仕事柄、一人で行動することが多くてね。一通りは何でもできるよ。それに、今でこそ富豪だ海運王だなんて言われているけれど、昔の侯爵家は没落直前の貧乏貴族だったんだ。裕福な生活ができているのは、今の仕事を始めてからだから、自分で自分のことをするのに抵抗がないんだ」

「努力……されたのですね」

没落直前というのがどれほどのものなのかフローラには想像もつかないが、学院長やクリステルの反応を見れば、今の地位を手に入れるために苦労したであろうことは、フローラにも想像できる。

「努力、そうだね。何としてでも伸《の》し上《あ》がってやろうと、思っていたよ。おかげさまで、今の地位を手に入れて、こうして人に支援までできるようになったのだから……人生とは不思議なものだな」

そう言って、イヴァーノは自分のカップにも茶を注ぐと、一息つくように口に運んだ。

「それで、来年度の支援の話だったね」

イヴァーノの灰褐色の瞳が、フローラを真っすぐに見つめた。その視線の強さに一瞬怯《ひる》みながらも、フローラは何とか頷いて見せた。

「君の支援をしてもいいと思ったのは、先日の芸術祭の独唱が素晴らしかったからだ。もちろん、先ほども言ったように、技術はまだ足りないところもあるだろうが……それもきちんとした教師について学べば解決する話だ」

「……教師」

フローラは、イヴァーノの言葉に瞳を見開いた。

実家が裕福な者は、実家が雇った個人教師にレッスンを付けてもらっている者も少なくない。学院の教師陣も一流のものたちが集められているが、王都には専門のレッスンを行う教室が、数多く存在する。個人レッスンに定評がある教師も多くいるらしく、そんな場所へ通う学友たちを羨ましく思ったことも数え切れない。しかし、領主の支援を受けて王都に出てきているフローラに、それが望めるはずもなかったのだ。

「あぁ、わたしが必要だと思った教師であれば、いくらでもつけよう。仕事柄、音楽サロンや公演には招待されることが多いから、それも時間が合えば連れて行こう。いい勉強になるはずだ」

「え……」

「来年度になれば、音楽院での公演も増えるだろう。必要なら、衣装も準備しよう」

次々とされる提案に、想像もしないこと続きで、フローラは目を白黒させた。支援者の活動としては、かなり手厚い部類に入る。

「その代わり、他の支援者はつけないで欲しい」

どういうことかと首を傾げたフローラに、イヴァーノが苦く笑った。

「わたしは、今まで個人に支援をしたことはない。大抵は、団体に纏《まと》めて支援という形をとってきた。音楽院に支援しているのも、その一環だ」

それは既にクリステルから聞いていた話と一致する。とにかく有象無象を嫌って、彼は個人に対して支援はしないという話であったはずだ。

「これで、君に支援をしたという噂が回れば、支援の申し込みが殺到しかねない。それは、君もわかるだろう?」

フローラは、こくりと頷いてみせた。

「これは支援というよりも育成だ。まだ、未成熟な歌姫の卵を一から育ててみようと思ってね。いわば、君はその第一号だ。だから、その対象を誰かと共有するつもりはない。君は、私の作品だからね」

「作品……」

「そう、有り余る金を存分にかけて、自分好みの歌姫を育てるんだ。もちろん、支援に見合わないと判断した時点で、支援の手は引かせてもらう」

淡々とそう語るイヴァーノの瞳に、邪《よこしま》な熱はない。

本人が言うように有り余るほどの資金を持ち、高位貴族の爵位持ちで、これほどの美貌の持ち主なのだ。わざわざ、平民出身の学生を手籠《てご》めにする必要もないのだろう。

つまりは、これは彼にとってビジネスの一環ということであろうか。

たまたま、まだ名の売れていないフローラが、彼の計画に都合がよかっただけ。フローラが努力し、歌姫となれれば、彼の名声は確実に上がる。

「支援に見合わないと判断されるのは……結果が出ないということでしょうか」

非常に曖昧な表現に、恐る恐る問いかければ、イヴァーノが笑い声をあげた。とはいえ、フローラにとっては死活問題だ。

元々支援者など大層なものが自分につくとは思っていなかったが、高みを目指せると知れば、人間欲が出るものだ。もっと歌が上手くなれるのであれば、なりたいと思うのが心理である。

「まぁ、そうだね。とはいえ、結果というものを何で評価するか……というところが難しいところだが。コンクールで結果を残してくれるのが、わかりやすいだろうが、別にそれを求めているわけではない」

「……コンクールで上位成績を修めなくてもいいということですか？」

「そうだね。どちらかと言うと……あくまでも主観かな。わたしは、君の声がとても美しいと思っている。ただ、その技量が足りないとも。だからこそ、その声を生かす技術を身に着け、わたしの耳を楽しませてくれればいい」

「へ……？」

相手が高位貴族であるということも忘れて、フローラは素っ頓狂な声を上げた。それほど、彼の回答が意外だったからだ。

この支援がビジネスの一環であるならば、彼の名声を高めるためにも明確な指標が必要になる。それは、コンクールの成績を残すことが一番わかりやすいだろう。しかし、それを求めず、彼の満足する歌を歌えるようになるだけでいいというのは、ビジネスというよりも趣味に近い。

そんなフローラの戸惑いを感じ取ったのか、イヴァーノが小さく笑った。

「正直、君一人を支援するくらいの金に困ってはいない。いわば、趣味のようなものだ。ただ、わたしの支援に胡坐をかいて、努力しないというのは正直好ましくない」

それはそうだろうと、フローラも同調するつもりで頷いた。いくら彼が巨万の富を持つ資産家であろうとも、価値のないものに金を払いたいと思うはずもない。

「だから、君はわたしの支援に見合うだけの技術を身に着けてくれればいい。欲を言えば、讃美歌のレパートリーが増えると嬉しい。君の声には、よく似合う」

口にしていることは、高位貴族らしく傲慢さが滲《にじ》むが、こうして手放しで声を褒められたのは初めてだ。じわじわとフローラの頬に、赤が混じる。

フローラにとっては、とてつもない破格の条件だ。

歌劇よりも讃美歌の方が実際に得意であるし、フローラ自身も好きだ。何よりも、コンクールの成績ではなく、技術を着実に積み重ねていけばいいというのもありがたい。コンクールは、どうしても上位者が限られる。それも、長年入賞する顔ぶれは同じだ。そこに食い込めと言われるのは、正直フローラには荷が重い。

もちろん、彼の耳を喜ばせるという抽象的な表現が難しいところであるが、この様子では、フローラが努力を続ければ非難される気配はなさそうだ。だからこそ、学院長が「いい話」だと言ったのではないだろうか。

色事を匂わせず、明確な成績を求めず、ただただ努力し技能を上げることを求められている。フローラにとって、何の損もない条件であった。

「どうだろうか、悪い話ではないと思うが」

「その内容ならば、とてもありがたいお話です」

ぎゅっと己の手を握って、フローラは頷いた。そんな彼女の反応に、イヴァーノが瞳を細めた。

「……君は、全く欲がないのだな」

「へ……？」

言われた言葉の意味がわからなくてフローラが首を傾げれば、何でもないとイヴァーノが首を振る。

「では、必要な書類や手続きは、学院長に頼んでおこう」

「ありがとうございます」

ぺこりと頭を下げれば、イヴァーノが僅かに笑みを浮かべた。

「じゃあ、君はもう戻りなさい。わたしは、ここで学院長と話があるから。喫茶室に終わったことだけ伝えてもらえるかい？」

そういう手筈《てはず》になっているのだろう。イヴァーノに促されて、フローラは席を立った。

「貴重なお時間をいただきありがとうございました」

淑女の礼をとったフローラに、イヴァーノがにこやかに首肯する。

「あぁ、こちらこそ。またいずれ会おう」

軽やかに手を挙げられて、フローラもひとつ頷いた。そして、そのまま踵《きびす》を返す。

緑の小道を抜けて、喫茶室に立ち寄れば、そこには学院長の姿があった。

「あぁ、終わったのね。どうでしたか？」

「お受けすることにしました」

真っすぐ彼女の目を見て告げれば、彼女が瞳を細めた。その表情は、どこか満足げだ。

「そう。素晴らしいことですね。では、支援に恥じぬように、修練するように」

「はい、学院長」

まじめな表情で頷いたフローラに、にっこりと笑いかけると、喫茶係に指示をして、学院長は彼女と共に喫茶室を出ていく。これから、彼と話をするのだろう。

フローラは、どこか浮き足立った気持ちのまま、寮の部屋へと戻ることになった。

◇◇◇

卒業式典の時期になると、誰に支援者がついただの、何人ついただのと様々な噂が飛び交い始める。フローラにも、支援者がついたという話は、仲間内を中心に一気に広がった。

とはいえ、あまり成績の振るわないフローラについた支援者が誰であるかという話になることはなかった。それよりも、上位成績者たちについた支援者たちに多くの生徒の目が向いたゆえのことであった。

ヒューゴと名乗ったトゥーリオ家の侍従が、学院にやってきたのは、卒業式典から一週間後のことだった。

夏の長期休暇が始まり、家へ戻るものは既に帰路に就いた頃だ。寮に残っているのは、実家が遠いフローラのような平民出身の生徒のみ。寮内は、とても静かなものである。

イヴァーノから王宮楽団の歌姫試験を観に行かないかと手紙を貰ったのは、ちょうど卒業式典の頃であった。侍従を迎えに寄越《よこ》すと、手紙には書かれており、フローラは一張羅ともいえるワンピースで彼を迎えた。昨年の誕生日に、服でも買うといいと両親が送ってくれたお金で、クリステルに選んでもらって買ったものである。

くすんだピンク色のワンピースは膝下丈で、小花柄が可愛らしいデザインである。

貴族の令嬢達が着るものには到底及ばないが、裕福な未成年の少女が着ていても遜色ないものである。フローラの立場を考えれば、支援者である侯爵家を訪問するのに不足ないものであった。

侍従に連れられて、侯爵家の馬車に乗る。

ラポール国立音楽院から王都のトゥーリオ侯爵邸までは、馬車で数十分の距離。

王都中心部の東側、国立劇場や歌劇場、美術館や博物館が隣接するエリアに音楽院があるのに対して、高位貴族がこぞって屋敷を構えるのは、中央の噴水広場を軸にして反対の西側にあたる。

ちょうど、王都の中心部を横断するような形になるのだ。

「あの正面に見えるのが、トゥーリオ侯爵家のタウンハウスです」

ヒューゴが、窓越しに指を差す。その先に見えるのは、立派な門構えの邸宅であった。

門番が、侯爵家の馬車を捉えて、巨大な門扉を開ける。

門から続く石畳の一本道。道の左右には、季節の花々や立派に剪定《せんてい》された木々が見える。遠くの方に、小さな噴水が見え隠れして、フローラは、あまりの規模の大きさに、口をあんぐりと開けて固まった。

「これが……タウンハウス、ですか？」

西側にはあまり馴染《なじ》みのないフローラであるが、それでも王都に構える屋敷にしては大きさが異常であることは何となく理解できる。まるで本邸のようだ。

そんなフローラの内心を感じ取ったのだろう。ヒューゴが、フローラの反応に苦笑する。

「ええ、間違いなく。ご領地の本邸は、ここよりももっと規模が大きいですが、華やかさはありませんね。他にも別邸がいくつかありますが、そちらも、それぞれ趣があって素晴らしいそうです」

「さすが侯爵様……お金持ち……なんていうか、世界がちがう」

どこか遠い目になりながらも、フローラがぽつりと言葉を発すると、それを耳にしたヒユーゴが苦笑した。

「一般の人からすれば、そうかもしれませんね。僕も、慣れるまでに苦労しました」

「ヒューゴさんもですか？」

「ええ、もちろんです。建物も立派ですが、調度品も立派なので、破損なんてしてしまえば目も当てられませんから」

「ひぇっ」

想像するだけも背筋が凍りそうな言葉に、フローラは小さく身震いした。

「……ヒューゴさん、帰っちゃだめですかね？」

「まさか！　ここで貴女を帰したとあっては、僕がお叱りを受けますから」

「ですが……」

「ダメですよ、お嬢様」

にっこりと笑顔で首を振られて、フローラは肩を落とした。こんなことなら、わざわざ侯爵家に呼んでくれなくても、自分で王宮まで行くのに……と思ったのは、言うまでもない。

侯爵家の馬車は、そんな心境のフローラを他所に、屋敷の玄関前に停《と》まった。

「さぁ、到着しました」

御者が扉を開き、先に降りたヒューゴが、フローラに手を貸した。

「……ありがとうございます」

知識として知ってはいる。淑女とは、こうして人の手を借りて、馬車の乗り降りをするものだと。しかし、経験のないフローラにとっては、それすらも恐れ多いことだ。

恐る恐る手を差し出せば、ヒューゴが微笑ましそうに笑顔を浮かべた。そのまま何とか馬車を降りたフローラを迎えたのは、侯爵家の老齢の執事と数名の侍女であった。

「ようこそいらっしゃいました。わたくし、当家で執事を務めておりますドニ・バローと申します」

丁寧に彼からお辞儀をされて、フローラも慌てて軽く膝を折った。

「フローラ・コンテスティです。今日は、お世話になります」

そんなフローラに、ドニは好々爺《こうこうや》の様相で頬を緩ませた。

「こちらは、当家の侍女のサラ。本日、お嬢様のお世話をさせていただきますので、よろしくお願いいします」

執事がそう言うと、侍女のうちの一人、栗色《くりいろ》の髪の女性が丁寧に頭を下げた。

「……お世話、ですか？」

はてとばかりに首を傾げたフローラに、執事が微苦笑を漏らす。

「本日は、王宮へいらっしゃるとお伺いしております。本日の装いも十分に可愛らしいお姿ですが……王宮に向かわれるには些《いささ》か不向きでございます」

彼の言葉に、フローラは僅かにその瞳を見開いた。

「本日は、主人より特別な席を押さえていると伺っております。一般席であれば、本日のお召し物でも十分な装いですが、本日のお席ですと正装姿のご婦人方も多くいらっしゃるでしょうし、それなりに整えていかれる方がよろしいかと……」

「特別な席……」

呆然とした表情で呟《つぶや》いたフローラは、弾《はじ》かれたように斜め後ろに立つヒューゴを振り返った。

「ヒューゴさん！　そんなの聞いてませんっ。わたし……そんなつもりじゃ……」

必死の形相で無理だと首を振るフローラに、ヒューゴが苦笑を漏らす。

「いやぁ……先にわかってよかったんじゃないですか？　いきなり一般席じゃなくて、特別席に案内されたら、お嬢様その場で卒倒するでしょう？」

へらりと笑って見せたヒューゴに、無理だ無理だとフローラは首を振るしかない。

王宮の敷地内にある歌劇場。

歴史あるその場所は、王宮楽団専用の歌劇場だ。

名前こそ王宮楽団と楽団を銘打っているが、その実は、様々な音楽家達が在籍している。

その歴史ある場所では、王家主催のコンサートが開かれたり、歌劇が上演されたりするのだ。

平民が席を取ることができるのは、彼らが『一般席』と呼んだ席だけ。舞台を中心に何重にもぐるりと席が配置され、舞台に近い中央の席ほど価値が高いと聞く。

この席に関しては、チケットさえ買えれば、平民貴族等身分関係なく王宮楽団の演奏を楽しむことができる。とはいえ、基本的には、貴族や富裕層が前列を一般平民は後列に固まるのは、自然の摂理に近い。

フローラも服を選んでくれたクリステルも、この一般席だと思っていたからこそ、このワンピースで十分だと思ったのだ。現に、一般席であったなら、フローラの本日の装いは何ら問題ない。

しかし、今日の相手はあの富豪侯爵と名高い彼である。

少しばかり考えればわかることで、彼が専用の特別席――いわゆる個室席《ボックス》を契約していないわけがないのである。

とはいえ、一般平民でしかないフローラが、個室席を知るはずもなく、下級貴族でしかないクリステルもまた同様であった。

「でもお嬢様、逆に考えれば、特別席の方が、きっと気が楽ですよ？」

涙目でどういう意味かとヒューゴを見上げたフローラに、微苦笑交じりにヒューゴが説明する。

「特別席は、完全な個室なので、公演中は誰とも顔を合わせません。個室内にいるのは、侯爵様とお嬢様、それからお世話につくわたしとサラだけです。一般席の前列なんかに座ったら、きっと一瞬で注目の的ですよ」

「……！」

ぎょっと目を剝《む》いたフローラに、肩を竦《すく》めてみせた。

「ですから、ちゃちゃっとお着がえしましょう。それなりの格好をしていけば、誰も何も言いませんよ。特別席は入口も別ですから、タイミングが良ければ誰にも顔を合わせなくて済みます」

押し切られるような形でヒューゴとサラに準備された部屋に押し込まれたフローラは、そこで入念に手入れをされ、今まで見たことも聞いたこともないような柔らかく美しいデイドレスを着せられ、薄化粧を施された。

そうして鏡の前には、不安そうな表情を浮かべた一人の令嬢が出来上がった。

ドレスの色は、淡い紫色で、ところどころに同色のレースがあしらわれていて可愛らしいデザインである。それでいて、首も腕もしっかりと隠されており、露出はほとんどない。

亜麻色の髪は、上半分だけ結い上げられ、残りは緩く巻いて背中に流された。

どこからどう見ても、両家の子女である。

しかし、着なれないフローラにとっては、彼女を落ち着かない気持ちにさせた。

小さなノックの音と共に、一人の男が顔を覗《のぞ》かせた。紛れもないイヴァーノである。

「準備ができたと聞いたが……これは、想像以上だな」

感心したように頷いて見せたイヴァーノに、フローラは眉を下げた。しかし、音楽院で叩《たた》き込《こ》まれた礼儀作法でもって、しっかりと膝を折るのは彼女が真面目な生徒だからだろう。

「本日は、お招きいただきありがとうございます。それに、こんな過分なお心遣いまで……」

「いや、私の同伴者として連れて行くのだ。こちらの事情を押し付けてすまないが、付き合ってくれると助かる」

彼の言葉に、フローラは僅かに瞠目した。ぱちぱちと瞬《まばた》きを繰り返すフローラに、イヴァーノが僅かに苦笑する。

「お洒落《しゃれ》してきてくれたのだろう？　清楚《せいそ》なお嬢さんが来たと、使用人たちの間で話題になっていた」

なんでもないことのように、さらりと言ってのけたイヴァーノに、フローラは僅かに頬を染めた。彼にとっては社交辞令のひとつなのであろうが、フローラとクリステルの努力を認めてもらえたようで嬉しかった。

イヴァーノが、時計で時間を確認する。

「さてと、ではそろそろ向かうか。入場は早い方がいい。あまり人目につきたくはないだろう？」

イヴァーノといればそれだけで十分目立つ。それも、見ず知らずの少女を同伴していては、なおさらだろう。

こくりと正直に頷いたフローラに、イヴァーノは手を差し出すと、そのまま外へと連れ出した。

玄関前に停まっていたのは、先ほどとは異なる馬車で、重厚な作りのトゥーリオ侯爵家の家紋がはいった黒塗りの馬車であった。

御者が扉を開けると、イヴァーノがフローラに乗るよう促した。彼の手を借りて、客室へと乗り込めば、その内装は、外観に劣ることない立派なものであった。

僅かに息を呑んだフローラに、後から乗り込んだイヴァーノが小さく笑う。

「さぁ、そちらに座って。直に出発するよ」

フローラが彼の前に腰を下ろすと、椅子の座面が柔らかくフローラの尻を包み込んだ。その柔らかさに彼女が驚く間もなく、馬車はゆっくりと動き出す。

トゥーリオ侯爵家のタウンハウスがある貴族街から王宮は、とても近い距離にある。

普段は決して通ることのない、大きな邸宅が並ぶ街並みを窓から見るともなしに眺めていると、イヴァーノが冊子を手にフローラに話しかけた。

「今日の試験、ラポール国立音楽院からは、五名の卒業生が推薦を得たそうだね」

大体一学年の人数は二十人から三十人程度。今年の卒業生は二十人程であったから、そのうちの四分の一が王宮楽団の試験を受けることになる。

王宮楽団の受験資格は、国の認めた音楽学校を卒業していることと、卒業した学校の推薦を得ていることが必要になる。

学校からの推薦を受けるのは、基本的にその年の卒業生のみ。つまり、チャンスは卒業した年の一度きりなのだ。

学校側も、推薦を出す条件として、一定以上の成績を修めたことを条件にしているため、この五人という人数は、決して多くはない。

「他の学校からは、どれくらいの方が受験されるのでしょうか？」

「どこも似たり寄ったりか、少ないくらいかな。やはり、ラポール国立音楽院が一番多いね」

ラポール国立音楽院は、この国で最高峰と言われる音楽院だ。だからこそ、優秀な成績を修めた卒業生が多いのだと、イヴァーノが付け加えた。

「こうして公式の場で推薦を受けて受験をするということは、レベルの低い生徒を推薦すれば、学校の審美眼を疑われかねないからね。それは、学校のレベルにも直結するうえに、支援者が離れる原因にもなりかねない」

「支援者の方にも関係があるのですか？」

「それはそうだろう。優秀な音楽家を輩出するから、この国の富裕層はこぞって支援の手を上げるのだ。それは巡り巡って国の知名度を高め、国力を高めるからね。この国は、音楽関係が一大産業と言ってもいい。彼らを見るためにこの国を訪れ、そしてこの国に金を落とす。みんなそれなりに利益があるからするのだよ」

「……知らない間に、繋がっているということですね」

「まぁ、そういうことだね」

そう言って、イヴァーノはフローラに冊子を手渡した。

「今日の受験者の一覧が載っている。興味があるなら、見ておくといいよ」

そこには、受験者の氏名や出身校、コンクールの受賞歴などが記載されている。その中に見知った名前を見つけて、フローラは目を細めた。

「知り合いかい？」

「昔よくお世話になった先輩です」

地方——それも辺境の出身者は、入学当初は王都の環境や学院に馴染めないことが多い。そんな時は、同じような境遇の上級生がそれとなく話しかけて助けてくれるのが慣習だ。

彼女は、フローラと出身地も近く、とても面倒見のいい人だった。

学年が上がってからは、あまり関わることもなくなってしまったが、それでも彼女の名が学内で上がるたびに、嬉しく思っていた。

「……ちゃんと、夢の一歩手前まで来られたのですね」

「受かるといいな」

「はい」

心の底から彼女の成功を祈って頷けば、イヴァーノが柔らかく笑った。

その間にも馬車は王宮の敷地内に入り、歌劇場の裏手へと回った。そこには、こぢんまりとした馬車寄せがあり、その前で御者は馬車を停めた。

「ついたようだな」

イヴァーノの言葉に、フローラが扉へと視線を向けると、軽いノックの音の後に、騎士の一人が扉を開けた。

「失礼いたします」

彼は、中を確認し、イヴァーノに目礼すると一歩後ろに下がる。

「安全確認も済んだようだし、フローラ、降りようか」

イヴァーノに促されて、彼の後に続いて馬車を降りる。

そこには、数名の騎士が、小さな扉を守るように立っていた。

「ここは、特別席にのみ繋がる入口でね。彼らは、この場を守る騎士だ。ここは、王族の方も使用されるからね、警備は厳重だよ」

「あぁ、それで……」

馬車の中を確認した騎士、「安全確認」だと言ったイヴァーノ。入口の警護にしては多い騎士の数。つまりそれは、この入口を使う人が、国にとって重要な人物だということだ。

「招待状を確認いたします」

他の騎士が、イヴァーノにそう声をかけると、彼は懐《ふところ》から重厚な装飾の施された封筒を取り出して、騎士に手渡した。

「はい、確かに。ようこそお越しくださいました、閣下。どうぞ、こちらへ」

他の騎士が、恭しく扉を開き、二人とその従者を通してくれる。

「ご令嬢、足元が暗くなっておりますので、十分にご注意ください」

フローラを気遣うようにそう声をかけられて、已が彼らに認識されていることに、彼女は僅かに目を見開いた。ただの一学生の身分であれば、ありえないことだった。

そんな彼女に、声をかけた騎士がにっこりと笑いかける。

「ありがとうございます」

「いえ、お気をつけて」

辛うじてなんとか礼を述べれば、彼がさらに笑みを深めた。そんな彼に、騎士とは本当に物語そのままの存在なのだと、妙に実感する。高潔で紳士、それでいて屈強な体つきをしているのだから、年頃の少女たちが彼らに熱を上げるのもわからなくはない。

「じゃあ、行こうか」

イヴァーノがフローラの手を軽く引く。

扉の奥は、薄暗く、細い廊下の先に、長い階段が続く。しかし、床には厚い絨毯が敷かれており、決して歩きにくいということはない。

サラが準備してくれた靴が、踵の低いものであったことも幸いだった。

階段を上った先には、広い階段ホールがあり、左右へと廊下が続く。イヴァーノは、そのまま右の廊下へと進むと、ひとつの扉の前で立ち止まった。

ヒューゴが、その扉をノックすると、中から男性が顔を出す。

「ようこそお越しくださいました、トゥーリオ侯爵様。お席はこの奥でございます」

男性が、彼らを中へと招き入れると、その奥へと続く扉を示した。

「あぁ、今日も世話になる」

「えぇ、十分にお楽しみ下さい」

にっこりと笑った彼にひとつ頷くと、イヴァーノは奥へと続く扉を開けた。そこは、こぢんまりとした部屋であった。

歌劇場の舞台を正面に、大きく壁が切り取られたような形をした部屋。そんな部屋であるからか、狭さはあれども閉塞感はない。

重厚な長椅子が舞台を向いて設置され、その横には小さなテーブルがそれぞれ置かれていて、その上には、オペラグラスが置かれている。

「サラ、わたしには葡萄酒《ぶどうしゅ》を。フローラは、どうする？　酒は飲めるかい？」

席に着いたイヴァーノが、当然のようにフローラを隣に座らせて、そう問いかけた。

「いえ……飲んだことはないです。学院では、認められていませんので」

学院内での飲酒は、厳禁とされている。違反した場合は、最悪退学もあり得るほどの厳しさだ。とはいえ、令嬢たちの中には、葡萄酒や果実酒など軽いものを、実家に帰宅した際に嗜《たしな》む者も少なくはないらしい。

「それもそうだな。であれば、今後付き合いがないこともない。少し試してみるといい」

そう言うと、イヴァーノは何事かをサラに告げた。

舞台上では、試験が始まったのか、今日この試験に臨む少女達が舞台上に一列に並んだ。

その数、五十名ほど。この中から選ばれるのは、たったの五人だけである。

試験の始まりに、全員で国歌を歌うのは、この試験の恒例で、各音楽学校から選出された優秀な少女達が紡ぎだす歌は、圧巻の一言に尽きた。

彼女たちが歌い終えると、場内の観客席からは、盛大な拍手が上がる。もちろん、その歌声の美しさに、フローラは緊張も忘れて拍手を送った。

合間を縫って、サラがフローラとイヴァーノのテーブルにグラスを置き、フローラのグラスに琥珀色《こはくいろ》の液体を注いだ。イヴァーノを見れば、ヒューゴが彼のグラスに葡萄酒を注いでいるのが見える。

「こちらは、林檎《りんご》酒でございます。甘みの強いものをお持ちしましたので、お酒が初めてのお嬢様でも飲みやすいかと思いますわ」

「綺麗《きれい》ですね……」

グラスを見つめるフローラは、うっとりとするようにその琥珀《こはく》の液体に目を細めた。

さすがは特別席で振る舞われる食器類だと言えばいいのか、そのグラスは、部屋に相応《ふさわ》しく優美な姿をしていた。繊細なラインを描くシルエットに、どこか女性らしささえ感じるから不思議だ。

そこに琥珀色の液体を注いだことで、ぐっと華やかさが増す。フローラが普段決して手にすることはないであろう、高価なものだ。

彼女の実家でも、お忍びの特別な客のために、グラスは揃《そろ》えていたが、それと比べても雲泥《うんでい》の差。さすがは、王家の歌劇場といったところだろう。

「酒精はあまり強くはありませんが、初めてお飲みになる場合は、少しずつお試しくださいね」

素直にこくりと頷けば、サラがその目を細めた。

「では、乾杯しようか」

イヴァーノが、葡萄酒の入ったグラスをフローラに向けた。

「乾杯……ですか？」

いったい何に乾杯するのかと僅かに首を傾げた彼女に、イヴァーノが苦笑を漏らす。

「そうだな……わたしから君への惜しみない支援の始まりに乾杯しよう。ぜひこれから、わたしの耳を楽しませてくれることを期待しているよ」

その言葉の意味を考えて、フローラは真面目にこくりと頷いた。今日のこの日は、彼のフローラへの支援の始まりなのだ。それが、王宮楽団の歌姫試験を特別席で観覧できるなどという貴重な経験なのだから、彼をがっかりさせることはないようにしようと、身も引き締まる思いがする。

「はい。ご期待に沿えるように努力します」

些か堅苦しい返事ではあったが、それでも満足したように彼がそっとグラスを合わせた。彼がそのままグラスを口に運んだのを見て、フローラもそっと琥珀色の液体を口に含んだ。ふわりと広がる林檎の香りと強い甘み。しかし、その甘みも後味を残さずすっと消えていくのだから不思議だ。

「……おいしい」

ぽつりとそう呟けば、イヴァーノが口角を上げて笑ったように見えた。

「飲みやすいからといって一気に飲めば酒精が回る。気をつけなさい」

「はい」

素直に頷けば、イヴァーノが口の端を上げた。

「ここからは長丁場だ。小腹が空くといけないから、軽食も頼んでいる。軽く摘まみつつ、楽しむといい」

それにもこくりと頷けば、イヴァーノは、満足げに笑って視線を舞台へと戻す。それにつられるようにフローラも視線を戻せば、舞台上には、既に一人の少女が上がっていて、一人目の試験が始まるところであった。

結果から言えば、フローラの知り合いは、見事歌姫としての身分を手に入れた。

ラポール国立音楽院からは、彼女ともう一人が合格し、残りの三人は、王都の有名女子音楽学校から一人、大公領にある音楽学校から一人、そして教会が運営する音楽学校から一人が合格となった。

ただでさえ受験者たちの素晴らしい歌声に感動し、知人が見事歌姫となったことで、フローラの興奮は最高潮に達し、それに引っ張られる形で、終幕の頃には、見事酒精に侵されてほろ酔いとなっていた。

「……大丈夫か、フローラ?」

「申し訳ございません、侯爵様。なんだか、とてもふわふわするのです……」

長椅子に背を預け、目を瞑《つぶ》ったフローラに、サラがコロコロと笑い声をあげた。

「お嬢様は、あまりお酒には強くはなさそうですわね」

フローラが口にしたのは、初めの一杯だけ。

サラやイヴァーノに勧められるがままに、ちゃんと軽食として準備された小さなサンドウィッチやカナッペも口にしていた。

にも拘《かかわ》らず、この体たらくなのである。

「旦那様、馬車の準備ができたようです」

ヒューゴが戻ってきてそう告げると、突如フローラの体がふわりと浮いた。

「きゃっ」

浮遊感に何事かと、慌てて目を開ければすぐ傍にイヴァーノの顔。

「こ……侯爵様っ⁉」

「酔って足元が覚束《おぼつか》ないのだろう？　このまま連れて行くから、凭《もた》れていなさい」

「そ……そんな……わたし、歩けます！」

「階段でも踏み外したら大変だろう。いいから、じっとしていなさい」

顔面蒼白《そうはく》になったフローラに苦笑しつつも、イヴァーノは有無を言わさずそのまま部屋を出た。相変わらず薄暗い廊下に、人の気配はない。

危なげない足取りで階段を下りると、イヴァーノはそのまま馬車へと乗り込んだ。出口で騎士達の視線を感じ、恥ずかしくてフローラは顔を上げることはできなかった。

先にフローラが座席へと下ろされ、その隣にイヴァーノが腰を下ろすと、頭をそっと引き寄せられる。

「このまま目を閉じていなさい。眠くなったら、そのまま眠ってしまっていい」

あっという間の出来事に、混乱する頭のまま、逆らうことも許されず、フローラは大人しく肩を借りて目を瞑る。絶対に眠ることなどできるはずもないと思っていたのにもかかわらず、馬車の揺れと人のぬくもりに、酔っぱらいでは太刀打ちできるはずもなく、そのまま眠りの世界へと引き込まれていく。

そんな彼女の様子を、イヴァーノだけでなく、サラやヒューゴも穏やかな表情で見守っていたとは、眠ってしまったフローラには知る由もなかった。

結局、翌朝見知らぬ部屋で目を覚ましたフローラは、軽いパニックに陥った。そんな彼女を宥《なだ》めてくれたは、サラである。

馬車の中で眠ってしまったフローラは、結局侯爵邸についても目を覚まさなかったので、イヴァーノがこの客室に運んだと言われ、顔面蒼白になったのは仕方のないことだ。しかも、その時点で彼の姿は屋敷にはなく、仕事に出かけたと言われてはなおさらだ。

結局フローラは、イヴァーノに礼を言うこともできず、謝罪することもできず、美味《おい》しい朝食までいただいて、寮まで送ってもらった。まさに、至れり尽くせりとはこのことである。

そして、寮まで送ってくれたヒューゴに渡されたのは、イヴァーノからの手紙であった。

「侯爵様は、そろそろ港町に到着されたかしら？」

音楽院の図書館で、フローラは地図を開いた。

イヴァーノは、手紙によれば今朝早くの列車に乗り、大きな港のある町まで出かけたらしい。

この国では、王都を中心にして放射状に、いくつもの鉄道が敷設されている。フローラも、かつてこの音楽院に入学する時は、地元の駅から列車に乗って王都に出てきたため、多少なりとも鉄道というものを知ってはいる。

イヴァーノが出かけたという港町は、フローラが知る路線とは異なるらしい。港の商業地へ向かう路線は、フローラにとっては未知の世界だ。

地図上の、港町へと向かう線路をそっと指で辿《たど》ってみる。

距離としては、それほど長くはない。朝早く出たのであれば、昼前にはついたのだろうか。

その港町に、イヴァーノの海運会社があるという。

彼が王都に戻ってくるのは、二週間後。芸術と音楽の女神が、この国に降り立った地と言われる場所に建つ大聖堂で行われる、聖歌隊の試験に合わせて戻ってくると、手紙には記載してあった。

そして、一緒に見に行こうとも。

総本山とも言われる大聖堂は、王都の北東部海沿いの領地にある。王都から列車に乗り、半日ほどの距離だと聞く。

地図を辿れば、海の上にぽつんと佇《たたず》むシエル大聖堂の文字が見える。

海の上に浮かぶ大聖堂。

昔は船で行き来していたようであるが、数十年前に鉄道の駅ができると共に、陸から橋が架けられた。今ではその橋が唯一のシエル大聖堂への入り口だという。

女神に歌を捧《ささ》げるためだけに建てられた、というシエル大聖堂。聖歌隊の歌姫たちは、そのシエル大聖堂で研鑽《けんさん》を積み、各地の教会や修道院で讃美歌を歌うのだ。

それを、教会関係者は巡礼だと言う。

王宮楽団や歌劇場のような華やかさはないが、本来の歌姫という存在に最も近しいのは、この聖歌隊であろう。

フローラは、行儀悪くもぺたりと頭を机の上につけた。

王都と港町とシエル大聖堂。その距離は、とても遠い。

シエル大聖堂に、聖歌隊の歌姫試験を見に行くことができる。それが、とても楽しみなのは事実だ。

聖歌隊の歌姫は、フローラにとって憧れである。

しかも、王宮楽団と異なり、聖歌隊の歌姫試験は一般公開されていない。立ち会うことが許されるのは、余程教会に貢献した者だけ。そこに貴賤《きせん》は、関係ない。

そして、立ち会う者たちには、音楽への教養もまた求められる。彼らが次代の歌姫を選ぶわけではないが、彼らは選ばれし審判者なのだ。

つまりこの聖歌隊の試験が、不正なく行われていることを証明する者たちなのである。そこに同伴者とはいえ、参加できることはとても名誉なことだ。

でも何よりも、こうしてまたイヴァーノと共に音楽を楽しむことができることが、フローラにとっては何よりも楽しみであった。

「……早く、戻ってこないかな」

もちろん、イヴァーノが予定よりも早く王都に戻ったとしても、会えるわけではない。それでも、早く戻ってきてほしい、時間が早く過ぎればいいと思うのはなぜなのだろう。

そっと地図上の路線を辿って、フローラは悩まし気な溜息《ためいき》を吐いた。

2．歌姫のたまご、恋を知る

線路は続くよどこまでも――そんな童謡の一説を思い出したくなるほど、フローラはずっと列車に揺られている。

イヴァーノが港町から予定通り戻り、手紙の通りシエル大聖堂での聖歌隊試験の誘いを受けたのは、聖歌隊試験日の二日前だった。

――旅の準備はこちらで行うから、身一つで侯爵家へ来るように――

そんな手紙を受け取った翌日、いつもの馬車でヒューゴがフローラを迎えに来たのは、朝もまだ早い時間帯であった。

そこからは、怒涛《どとう》であったと言ってもいい。

サラによって、身にまとっていた一張羅のワンピースは早々に脱がされ、上品なワンピースを渡される。薄い緑色の小花柄のワンピースだ。それに合わせるのは、深い緑色のエナメルの靴。それに緑のリボンがついた白い帽子を渡された。

フローラの亜麻色の髪は、緩く編み込まれ背中に流される。薄く化粧を施され、どこからどう見ても良家の子女といったいで立ちである。

そして、慌ただしく再び馬車に押し込まれ、サラと共に駅へと向かう。そうして、駅で待ち受けていたのは、貴族然とした姿のイヴァーノであった。

ヒューゴが荷物を特別個室《コンパートメント》に運び込むのを横目に、彼に手を取られて室内へと足を踏み入れる。中は、特別個室と呼ぶに相応しく、豪華な一室であった。

一車両に対して一室だけの特別個室。王族も使うという特別仕様だ。

列車の揺れも考えて、テーブルも椅子も備え付けであるが、食事のとれるダイニングスペースや、くつろぎのためのソファ、食堂車に行かなくても茶が淹れられるように簡易の台所まである。

また、部屋の奥には扉があり、その奥には寝室まであるというのだから驚きである。

通常であれば、そんな豪奢《ごうしゃ》な部屋など縁もない生活をしているが、フローラはなぜかこうしてイヴァーノと共に贅沢《ぜいたく》な列車旅をしていた。

昼前に乗った列車は、王都から北東方向へ進む。

大きな駅を二つほど過ぎたあたりで、これまた列車内とは思えないほど立派な昼食をいただき、今はイヴァーノと二人ソファで食後のお茶をしているところだ。

「そろそろ、長時間の列車に飽きてこないかい？」

窓の外をぼんやりと眺めていたフローラに、新聞から視線を離したイヴァーノがそう問いかけた。

「実は、少しだけ……。でも、こんな素敵な旅は初めてです」

「そうか」

フローラの素直な感想に、イヴァーノが小さく笑う。

「はい。列車は、王都に出てくるときに地元から使いましたが、当然ながら三等車両でしたし、あの時は音楽院の試験のことで頭がいっぱいで、楽しむ余裕もありませんでした」

「フローラは、リーヴァの町出身だったね」

「はい、自然ばかりの田舎ですが、時折懐かしくなります」

王都からほど近い距離にある田舎町。大きな湖が有名で、避暑や療養地に使われるくらいの自然豊かな場所だ。

「故郷というものは、そういうものだろう。王都は少しばかりせわしないからね」

「……侯爵様でも、そんな風に感じられるのですか？」

日々、忙しく働いているイヴァーノでも、この王都をせわしく感じるのかと、フローラは意外に思う。彼女から見た彼は、しっかりとこの都会に馴染んでいるように見えるのだ。

「それはね、わたしだって育ちは王都ではないから。幼少期は領地で過ごしたし、王都に出てきたのは寄宿学校に入る時だ」

「ご領地は、どちらにあるのですか？」

「王都の北部だね。とは言っても、父がそのほとんどを手放してしまったので、本邸のある一部を除いて今は他領になってしまっているんだ。とはいえ、目立った産業もない地域だから、あまり価値はないがね」

「……北部は、冬の気候が厳しいと聞きました」

「そうだね。冬場の移動は向かないな」

侯爵領は、王都よりもずっと北にある。冬の時期はそのほとんどが雪に覆われるという不毛の地だ。肥沃な南部と異なり、農地はほとんどない。

「でも、雪が降るんですよね？」

「嫌になるほど降るよ」

「まぁ、そんなに？　想像もつかないですね」

フローラの地元も、王都も比較的気候は温暖だ。冬に雪が降ることなど滅多《めった》にない。

「リーヴァの町であれば、そうだろう。あの場所は年中穏やかな気候だから」

「リーヴァをご存じなのですか？」

「何度か足を運んだことがあるよ。別荘を持つ富裕層も多い町だからね。隠居をした有力者が終《つい》の棲家《すみか》に選ぶことも多い。そういった人たちに、呼ばれることが多いんだ」

フローラの故郷、リーヴァの町には、丘の上や湖周辺に富裕層の屋敷が立ち並ぶ。おそらく、その中のひとつなのだろう。

「そういえば……フローラはどこで歌を学んだのかい？　あの町に、初等音楽学校はなかったと記憶しているが……」

初等音楽学校とは、音楽の高等教育を受けられるラポール国立音楽院のような学校に入学するための初等教育をする学校だ。大抵はその地の領主主体で作られることが多く、フローラと同じく平民出身の同級生の中にはそういった学校出身の生徒が多い。

「私塾に通っていたのです。元歌姫のおばあちゃん先生が、趣味で教えてくれるようなところに」

「なるほど。あの町なら、元歌姫がいても不思議はない」

「若い頃は、いろいろな音楽学校で教師を務めていたと聞いています。その先生が、わたしに音楽院の受験を勧めてくださって、領主様を説得してくださいました」

フローラの他にも、私塾の中から推薦を受けた少女たちが一緒にラポール国立音楽院の試験を受けることができたのだ。

「小さな町なので、領主様もよく実家の店に来てくださっていて、顔見知りなのも良かったのかもしれません」

「フローラの実家は、食堂だったたか」

「はい、地元の食材を使った郷土料理で、それなりに人気があるのですよ?」

「知っているよ。二度ほどお邪魔したことがある」

「本当ですか!」

イヴァーノほどの貴族が、実家の食堂を訪れたことがあると聞いて、フローラの気分が上がる。

「あぁ、それこそご隠居に連れられてね。素朴だけれど、しっかりした料理を出すいい店だった」

「ありがとうございます。そう言っていただけると嬉しいです」

フローラにとっては、大事な家族と店だ。褒めてもらえると、単純にうれしい。

「実家には、全く帰っていないのだろう?」

「そう簡単に帰れる距離ではありませんから、仕方ありません。でも、定期的に手紙を出すようにしています」

フローラが、こうして長期休暇に寮に残っているのはそのためだ。帰りたくないとは言わないが、それでも実家に帰るには経済的に難しいのだ。まだまだ、列車の切符代は平民には安くはない。

「侯爵様は、ご家族は……?」

侯爵家のタウンハウスに呼ばれたのは、今日で二度目。多くの使用人は見かけたが、彼の家族らしき気配は見当たらなかった。

「父は既に他界しているし、母は、幼いころに離縁していないんだ。それもあって兄弟もいない」

「……！　それは、失礼を……」

顔色をなくしたフローラに、イヴァーノが苦笑を漏らす。

「いや、気にしなくていい。社交界では有名な話だから。……いずれ社交界に顔を出すようになると耳に入るだろうから先に話しておくと、我が家は父の代までは超が付くほどの没落貴族でね。名ばかり侯爵家だった。それに加えて、父が騙《だま》されて大きな借財を抱えることになり、領地の大半を失うことになった」

「……」

「それに嫌気がさして母は離縁して家を出た。実家に戻ったわけではないようだから、男とでも逃げたんだろう」

「……」

「そして、追い詰められた父は、自死を選んだ。表向きは、領地の山で遭難……ということになっているけれど、あんな吹雪の日に山に入ることがどれほど異常なことか、あの地に暮らす人なら知っている」

「……侯爵様」

淡々と過去を語るイヴァーノの目に、家族への親愛は感じられない。

「皮肉なことに、その父が残した多額の保険金で借財は返済され、少ないながらも領地と爵位が残り、わたしも寄宿学校に入学することができた」

そう言って、イヴァーノが苦く笑う。

「今でこそ成功しているが、領地を手放し事業を営む我が家を蔑む者も少なくない」

貴族たるもの働かずして税収のみで優雅に暮らすことが理想とされるのだろう。そんな家からすれば、事業を営み大成功を収めている侯爵家は、異質な存在だ。それがなまじ侯爵という高い爵位を持ち、それでいて長年困窮していたというのであればなおさらだった。

「そんなわたしが君の支援者として君を連れて社交界に出れば、口さがないことを言う者もいるだろう」

「そんなこと、気にしません」

「そうかな？」

「はい、わたしがこうしてシエル大聖堂に行けるのも、歌を本格的に学ばせていただけるのも、侯爵様が事業を営んでくださっているからです。それに、貴族でもない田舎の平民出身ですもの。労働の大切さは理解しているつもりです」

「そうだったね、君のご両親も兄上も働き者だった」

「家族経営の小さな店ですから」

フローラも、彼女の歌が私塾の先生の目に留まらなければ、家族と共に店に立っていただろう。それくらい、労働はフローラにとって身近な存在だ。

イヴァーノの境遇とて、不憫《ふびん》だとは思うが、彼がそれを理由に貶《おとし》められるのは違うとわかる。

「……つまらない話をしてしまったね。そうだ、フローラ、君の歌の教師が決まったよ」

「まぁ！　どんな方ですか⁉」

先ほどまでの複雑な空気はどこへやら、一気にフローラの瞳が輝いた。

「元シエル大聖堂の歌姫を見つけた。君と同じラポール国立音楽院出身で、昨年まで某公爵領の教会で歌を歌っていたらしい。結婚を期に王都に身を移したということで、頼むことにしたんだ」

大聖堂の歌姫も任期は五年。

退任した後の身の振り方は様々だ。結婚する者、教師になる者、そして地方の教会で歌を歌う者。

地方の教会は、辺境であればあるほど万年人不足だ。讃美歌を歌う元歌姫を欲しがる教会は多い。大聖堂の歌姫が巡業として地方各地を回っているものの、教会でミサは毎週末行われる。彼女たちが毎週参加できるわけもない。

「素敵！　お会いできる日が、楽しみです」

「レッスンはまずは週一回。相性が良いようならもっと増やそうと思っている」

「どちらに伺えばよろしいですか？」

「うちのタウンハウスでやるつもりだ。毎週ヒューゴかサラを迎えに行かせるから、気兼ねなく通うといい」

「……よろしいの、ですか？」

個人レッスンは、大抵の場合教師の家で行われることが多いと聞く。それを、わざわざ侯爵家のタウンハウスへ招くということは、特別に便宜を図ってもらっているということだ。

「さすがに毎週は付き合えないが、時間が合えば同席しよう。君の歌声が聞けるなんて、幸運なことだ」

「……少し、恥ずかしいですね。レッスン中の様子をお見せするのは」

「置物のひとつだとでも思ってくれればいいよ。そもそも、君たちはもっと多くの人の前で歌うだろう？　それと同じだ」

「う……っ。はい、……頑張ります」

ぐっと拳を握ったフローラに、イヴァーノが瞳を細めて、手を伸ばした。大きな手が、フローラの頭に触れる。

「あぁ、頑張りなさい。立派な歌姫となれるように」

「……はい」

嬉しいやら恥ずかしいやらで頬を赤くしたフローラに、イヴァーノは満足げに微笑んだ。

それから一刻ほどで、列車はシエル大聖堂に最も近い駅へと到着した。そこからは、ヒューゴが手配した貸馬車に乗り、大聖堂に最も近い宿に今夜は泊まることになる。

もちろん、侯爵家が手配した宿であるからして、王侯貴族御用達《ごようたし》の高級宿である。その中でも上等な部屋を用意されたフローラは、案内された部屋の立派さに口をぽかんと開けて呆然とするしかなかった。

イヴァーノの部屋とフローラの部屋は隣同士。部屋の中には使用人のための部屋もあり、サラとヒューゴはそれぞれその部屋に泊まるという。

何かあれば声をかけてくださいと言って、フローラの寝支度を終えたサラは、彼女の寝室の隣にある使用人の部屋へと下がった。

「……なんだか、場違いすぎる」

ただ眠るだけの部屋にしては広いその部屋の中央には、大きな寝台が鎮座する。これも、フローラ一人が眠るにしては、十分どころか余るほどだ。触れてみればふわりと弾む柔らかさに、しっとりと柔らかい掛布の手触り。おそらく、敷布も同様の生地で作られているであろうことは、確認するまでもない。

寝台の上には、安眠のためなのか薄い紗《しや》のカーテンが寝台を囲うように取り付けられており、寝台のそばには、小さなテーブルと装飾の美しいランプがひとつ置かれていた。

侯爵邸の客室も立派で恐れ多いと思ったが、ここも大概である。

フローラが、今着ている夜着も同じだ。

柔らかな生地で作られた夜着は、着心地が非常にいい。当然ながら自分で用意したものではなく、サラが手渡してくれたものだ。日頃フローラが着ているものとは、雲泥の差である。

フローラは、ひとつ溜息を吐くと、寝台の上へと寝ころんだ。

過剰なほど、大事にされている自覚はある。

着るものも、泊まる場所も、サラやヒューゴといった侯爵家の使用人たちの対応も、どれもこれもが、まるで貴族令嬢になったかのような準備がされている。

ただの田舎の平民でしかないフローラにとっては、全てが驚きの連続だ。

それに、一番はイヴァーノのフローラへの扱いである。

フローラに対して親し気に振る舞い、姫君であるかのように扱う。それでいて、イヴァーノはあの外見である。目の覚めるような美丈夫である彼に、大切に扱われれば、勘違いしたくなるのが乙女心である。

とはいえ、彼は高位貴族であり、爵位持ちである。それに加えて、知らない人がいないほどのお金持ち。美しい顔立ちと紳士的な態度、それでいて圧倒的な優しさ。そんな彼に頭を撫《な》でられれば、勝手に気持ちが舞い上がる。

「……フローラ、勘違いしてはだめよ。あの方は、ただの支援者。痛い目を見るのは自分なんだから……」

本気になってしまえば、そんなつもりはなかったと言われた時に、ショックが大きすぎる。それどころか、身の程知らずのレッテルを貼られてしまうだろう。

「優しくしていただけるだけで、十分じゃない。わたしにできることは、歌を磨いてあの方の耳を楽しませることだけ。あの方が優しいのは、先行投資の一環よ」

浮つきそうになる気持ちにぎゅっと蓋をして、勘違いしないように己を戒める。

ひとまず忘れてしまえとばかりに、フローラはぎゅっと瞼を閉じた。

翌朝目を覚ましたフローラを待ち受けていたのは、サラによる入念な準備であった。

顔を洗い、薄く化粧を施された後に、薄紫のデイドレスに袖を通す。相変わらず着心地は抜群によく、詰まった首元と袖口に施されたレースの意匠が可愛らしいデザインだ。

その後、イヴァーノと共に朝食を取り、シエル大聖堂へ出かけることとなった。

貸馬車からイヴァーノの手を借りて降り立ったフローラは、対岸に見えるシエル大聖堂の美しさに感嘆の声を上げた。

海の上に浮かぶ石造りの大聖堂。

そこまでまっすぐに続く長い橋。

ここからは、馬車の乗り入れは禁止されているという。それゆえか、大聖堂に向かっているであろう人たちの姿が、ちらほらとあちらこちらに見えた。

「さぁ、我々も行こうか。ここからは徒歩だ、歩けるかな？」

「大丈夫です！」

力いっぱい頷いたフローラに、イヴァーノが柔らかく微笑んだ。

彼が差し出した腕にそっと手を乗せる。

木製の橋はかなりの年代物で、ところどころ修復されながら利用されているのが見て取れる。そんな橋の歴史を垣間見ながら、フローラはイヴァーノと共に十分ほどの距離を歩いた。

橋を渡り切れば、もうそこはシエル大聖堂の敷地である。岸壁に佇む石造りの聖堂。

大聖堂の天辺《てっぺん》には、芸術と音楽の女神の像が鎮座している。

ぐるりと一周半ほど登れば、そこに大聖堂の入り口はあった。

扉の前でイヴァーノが名を告げると、恭しく席へと案内された。

最前列から三列目の中央部。ちょうど、目の前に芸術と音楽の女神像を見上げる席。さりげなく周りを見渡せば、立派な身なりをした紳士や、華やかに着飾った貴婦人、老齢のご夫婦に、裕福な商人然とした男性など、色々な人たちが座っていた。

「おや、これはトゥーリオ侯爵。先日の夜会以来ですな」

イヴァーノの斜め前に座る恰幅《かっぷく》のいい男性が、振り返ってイヴァーノにそう声をかけた。

「ルスコルノ男爵、貴殿も本日は参列者でしたか」

「ええ、毎年今年こそはと意気込んでおりますが、やっと念願叶ってご招待いただけました」

「そうですか。それはおめでとうございます」

「ありがとうございます！　今日は、娘を同席させているのです」

彼がそう言うと、隣に座っていた華やかな姿をした令嬢が、振り返ってにっこりと微笑んだ。

「あぁ、女子音楽学校に在籍されているというお嬢様ですか」

「そうなんです……！　娘は歌が上手で‼　今年最終学年を迎えるのですが、ぜひ侯爵にもお聞かせ……」

捲《まく》し立てるように話をする彼に手のひらを向けて、イヴァーノはその会話を遮った。そんな不躾《ぶしつけ》ともいえる態度に、男爵がぴたりと会話を止める。

「いずれ、どこかの音楽サロンで、お嬢様の歌声をお聞きする機会もあるかもしれませんね」

それは、暗に紹介は不要だという言葉の裏返しなのであろう。実力があれば、サロンに必ず招待されるようになるし、歌わせてもらう機会も得られるのだ。

「あ……あぁ、そうですな。ぜひ、その際にはお聞かせしたいものです……」

「ええ、楽しみにしていますよ」

何でもないことのようにさらりと受け流したイヴァーノが、にこりと社交的な笑みを浮かべてみせた。

「あぁ……それで、こちらだけで話をしてしまって失礼しました。本日は、侯爵も同席者がいらっしゃいましたな」

取り繕うようにフローラに話を向けた男爵に、イヴァーノが僅かに口の端を上げて冷笑した。

「ええ、今年から支援をしているラポール国立音楽院の学生です。彼女も最終学年ですので、お嬢様と同じ年になりますね」

「ラ……ラポール国立音楽院の……それは、凄《すご》い……」

ラポール国立音楽院と女子音楽学校。どちらも優秀な学生が多いと言われているが、ラポール国立音楽院が完全実力主義なのに対して、女子音楽学校は貴族令嬢中心の学校である。

設備などの面からあえて、ラポール国立音楽院を受験せず女子音楽学校を選ぶ貴族令嬢も少なくはないが、実力が足らず高額な授業料と寄付金を払って女子音楽学校に進学する令嬢も一定数いる。

御三家への合格率を考えれば、ラポール国立音楽院の方が上と考える人たちは多い。

そんな会話に、令嬢は気分を害したのか、フローラをひと睨《にら》みするとすっと姿勢を前へと戻した。そんな彼女の反応に、父親の男爵が申し訳なさそうにぺこぺことイヴァーノに頭を下げた。

そうこうしているうちに、試験の準備が整ったのか祭壇の前に大司教を含む司祭たちが姿を現した。まずは芸術と音楽の女神に祈りを捧げて、適切な歌姫が選ばれることを祈願するのである。

その後受験生達が一堂に整列し、讃美歌を歌う。その光景は、とても圧巻であった。

王宮楽団の歌姫試験も素晴らしかったが、シエル大聖堂の聖歌隊試験は、少しばかり毛色が違う。王宮楽団や国立歌劇場は、社交界に近しい場所にある。華やかな場所を好む者が多く、声の質は様々だ。

その一方で、シエル大聖堂の聖歌隊は、大聖堂ということもあって当然ながら教会所属。何よりも、芸術と音楽の女神を崇《あが》める教会の総本山でもある。

待遇は決して悪くはないが、華やかさとは一切無縁で、巡業のように各地の教会を巡る旅もある。

それに、聖歌隊に選ばれるには、透明感のある声が望まれる。それは単純に、讃美歌を歌ったときに美しく響くからというのが理由であるが、その声音を持つ少女たちが一堂に歌う讃美歌は圧巻の一言であった。

「素敵……」

ぽつりと小さく漏らしたフローラに、隣から小さく笑う声が聞こえる。ちらりとその相手を見上げれば、イヴァーノもまた柔らかくフローラを見下ろしていた。

「たしかに、今年の歌姫も期待できそうだ」

周りの人の邪魔にならないようにするためか、イヴァーノがフローラの耳元でそう囁《ささや》いた。その距離があまりにも近くて、フローラの顔にじわじわと熱が集まる。そんな彼女の様子に、くすりと笑ったイヴァーノが、その身をそっと離した。

それでもどこか、そわそわとするフローラに、イヴァーノが小さく笑う。

その後も、素晴らしい歌が続いたが、落ち着かない気持ちのままでフローラはそれらを聞くことになった。

最終的に今年の歌姫が決定しても、フローラはどこかふわふわした気持ちでイヴァーノと共に席を立った。

大聖堂を出れば、イヴァーノは、あちらこちらで参列者たちから声をかけられた。その度に、彼はフローラのことを支援している学生だと、相手に紹介して回った。

紹介された側はといえば、ラポール国立音楽院の生徒であることを称賛してくれる者、彼が支援しているということを興味深げに観察する者、鋭い視線を向ける者など様々であった。

鋭い視線を向けてくる人は、年若い令嬢に多く、なぜそのような視線を初対面の女性から向けられるのかと、フローラは困惑するしかなかった。

しかし、その後クリステルからイヴァーノは貴族令嬢の結婚相手として一番人気なのだと聞かされることになり、フローラは頭を抱えることになった。

◇◇◇

週に一日、侯爵家からヒューゴが迎えに来る。授業も終わった、夕方の時間である。

「はい、フローラさん。よろしいですよ」

ピアノを弾いていた女性が、フローラが歌い終わるとにっこりと微笑んだ。

ピアス子爵夫人。

元シエル大聖堂の歌姫であり、フローラの教師としてイヴァーノに雇われた人であった。

昨年までは、某公爵領の教会で聖歌隊を務めていたが、ピアス子爵との結婚を期に、王都に戻ってきたとのことであった。

おっとりした性格と、的確な指導に、フローラはすぐに彼女が好きになった。

初回レッスン時に、彼女を送ってきたピアス子爵とも挨拶をしたが、穏やかな好青年といった感じで、とてもお似合いの夫婦である。

「だいぶ良くなりましたね。あとは、もう少し高音域が欲しいところですが……」

　本人も苦手とする箇所を指摘されて、フローラはこくりと頷いた。

「次回からは、少し発声練習と音域の練習を加えましょうか。音域が広がれば、その分歌える歌の幅も広がりますから」

「はい、よろしくお願いします。本日も、ありがとうございました」

　にっこり笑って片づけを始めた彼女に、フローラが礼を述べると、それと時を同じくして音楽室の扉が叩かれた。ひょこりと顔を覗かせたのは、仕事で地方へ出かけていたはずのイヴァーノである。

「あぁ、少し遅かったようだね」

　さも残念だと言うように、イヴァーノが眉を下げた。

「侯爵様！　お帰りは、明日の予定では？」

　イヴァーノの姿を捉えて、フローラが瞳を瞬かせれば、彼が悪戯《いたずら》っぽく笑った。

「仕事がうまく片付いたものだから、一日早い列車に乗って帰ってきてしまった」

「今週はお会いできないのかと思っていましたので、うれしいです」

　それは、まごうことなきフローラの本音である。ただ、せっかくならば、フローラの歌を聞いて成長を少しでも感じてほしかったところでもある。

「嬉しいことを言ってくれるね。そんな可愛いフローラに、ご褒美をあげよう」

そう言って、イヴァーノは懐から何かを取り出して、彼女の前へと差し出した。そこに記載されていた内容に、フローラは感激の声を上げた。

「……！　国立歌劇場の公演チケット！」

人気であるがゆえに、中々手に入らないという国立歌劇場の公演チケットであるが、その中でも今シーズンの演目は非常に人気が高いと話題になっている。一度観に行った者も、その後何度も通っている人もいるというほどで、さらに手に入りにくくなっているという話であった。

「あぁ、急遽《きゅうきょ》行けなくなったという友人から、譲ってもらったんだ。今夜の公演なんだが、一緒にどうかな？」

「わぁ！　嬉しいです。今の演目、すごくいいって音楽院でも有名なんですよ」

すでにチケットを手に入れて観に行ったという友人たちから聞こえてくる感想に、羨ましいと思っていたのである。とはいえ、国立歌劇場のチケットは一番安価な席でもとてもフローラには買える金額ではない。

「そうみたいだね。今年の歌姫が頑張っているようだよ」

新しく選ばれた歌姫の一人が、非常に美しい歌声と表現力を発揮しているという話は有名で、フローラとしても是非とも一度聞いてみたいと思っていたのだ。それは、イヴァーノも同じであったようで、是非ともフローラに一度見せたかったと言う。

そんな二人の様子をにこにこと見守っていたピアス子爵夫人に、イヴァーノは視線を向けた。

「こちらで盛り上がってしまってすまないね」

「いえ、せっかくの公演ですもの、誰しもそうなりますわ」

ピアス子爵夫人が、そう言って微笑ましそうに笑い声をあげる。そんな彼女に、イヴァーノが瞳を細めて彼女を見やった。

「お詫《わ》びと言ってはなんだが、子爵夫人も一緒にどうかな?」

「……よろしいのですか?」

非常に興味はありそうだが、素直にその申し出を受けてもいいのか逡巡《しゅんじゅん》する様子の彼女に、イヴァーノは苦笑交じりに首肯した。

「あぁ、せっかくの席だからね。子爵にはすでに連絡を入れてあるから、そろそろ迎えに来るだろう」

つまりは、ピアス子爵夫人を誘う前にすでに夫である子爵に話を通していたということだ。そこまでお膳立てされて断るはずもない。

「すでに準備いただいていたのですね。では、ありがたくご招待を受けたいと思いますわ」

「あぁ、そうしてくれ。君には本当に世話になっているからね。おかげで君の授業の後は、フローラが楽しそうだ」

きょとんと瞳を瞬かせたフローラに、イヴァーノが小さく笑った。そんな彼女の髪を、イヴァーノが優しく撫でる。

イヴァーノが示唆した通りに、時を置かずして子爵が侯爵家へとやってきた。数人の侍女と共に現れた彼は、恐縮した様子でイヴァーノへと挨拶をする。

劇場は、社交場だ。

つまりは、それなりの格好が必要とされるということだ。

フローラは、サラ達によって濃い目の化粧を施され、夜会ドレスを着つけられた。

始終恐縮しきりの子爵と、悠然と微笑む子爵夫人と共に、フローラはイヴァーノに手を取られて初めて国立歌劇場へと足を踏み入れた。

歴史を感じさせる重厚な建物。

その入り口には、続々と馬車が乗り付けられる。誰も彼もが煌《きら》びやかに着飾り、あちらこちらで談笑する姿が見られる。

イヴァーノが姿を現せば、幾人かの人々が話を止めて彼の姿を振り返る。そして、その隣にフローラの姿があることに、こそこそと何事かを囁き合う。その視線は、悪意に満ちたもので、フローラを落ち着かない気持ちにさせた。

その日のうちに、トゥーリオ侯爵に愛人ができたのではという噂が、社交界に駆け回る。そして、それと同時に、その相手がラポール国立音楽院の学生で、彼が支援者に名乗り出たという情報までもが、拡散された。

一方で、フローラ・コンテスティという無名の学生は、侯爵の支援を受けるほどの実力もなく、愛人なのでは……と社交界で、実《まこと》しやかに囁かれている。

イヴァーノ・トゥーリオ侯爵は、このラポール王国では有名だ。

没落寸前の侯爵家をその商才で立て直し、今では国内でも一、二を争うほどの資産を持つ貴族である。

本人はといえば、目を引く美貌と、すらりと高い身長。それでいて、しっかりと鍛えられているであろう体軀《たいく》は、未婚・既婚問わず社交界に出入りする女性が、一度はお近づきになりたいと思う相手である。

彼に欠点があるとすれば、それは血筋で、彼の母も祖母も身分が低い。そのため彼の代では王家か高位貴族から妻を迎えるのではと言われていた。

しかし、その欠点があるゆえに、下級貴族の令嬢達ですら、希望があるのではないかと夢見る者も多く、未婚令嬢の人気ナンバーワンなのだ。

そんな彼が、無名の学生を支援し、あまつさえ社交界に顔を出し始めたのだ。噂にならない方がおかしい。

幾多の貴族令嬢は闘志を燃やし、その他は面白おかしく吹聴《ふいちょう》する。

そんな中、当の侯爵が被支援者を連れてとある音楽サロンに参加するという情報が広がった。今話題の愛人を見てやろうと、その日の音楽サロンの参加希望者が膨大に膨れ上がることとなった。

◇◇◇

音楽サロンに行こうと、イヴァーノに誘われたのは、国立歌劇場の公演から一月後のことだった。ヒューゴの迎えを受けて、侯爵家に向かい、そこでサラに着替えさせられる。

この日の装いは、昼間の催しということもあり、薄い水色のデイドレスであった。レースが幾重にも重ねられたそのドレスは上品で、初めてサロンに参加する者にとっては最良の選択であると言えた。

「サラさん……わたし、こんなにドレスをいただいてしまってもいいのでしょうか?」

フローラは、イヴァーノから支援を受けるようになって、両手の数を超える量のドレスを贈ってもらっていた。そのどれをとっても、今のところ二回目に袖を通した記憶はない。

礼を言うたびに、気にすることはないと言われるものの、それでも気になってしまうのが、小市民である。高額なものをこれほど多く与えられることに慣れていないのだ。

「大丈夫ですよ、お嬢様。お嬢様のドレスを百着誂《あつら》えようと、旦那様の懐《ふところ》は痛んだりしません」

「いえ……そういうつもりで聞いたのではないんですが……」

「わかっておりますよ。ただ、旦那様にも対面というものがありますし、支援しているお嬢様を伴って出かけるのに、それなりの姿をさせないなどいい笑いものになります」

「……そういうものでしょうか？」

「そういうものです。それに、単純に旦那様がお嬢様を着飾ることを楽しんでいらっしゃるんですよ」

「え？　侯爵様がですか？」

「ええ、どんなに忙しくても、お嬢様のドレスの指示は欠かしませんから」

「……」

　そうサラから聞かされて、フローラはこそばゆい気持ちにさせられる。照れた様子のフローラに、サラが僅かに頬を緩ませた。

「ですから、お嬢様は大人しくわたしに着飾らせてくださいませ。そして、にっこり笑って旦那様にお礼を伝えれば、それで十分ですよ」

「……はい。そうします」

　有無を言わさずそう言われて、フローラはどこか諦めの境地で大人しく頷いた。

その日の音楽サロンは、毎度有名な元歌姫を招いて行われるとある伯爵夫人の主催するものだと聞いたのは、行きの馬車でのことだった。

度々学生も招かれており、それほど敷居の高くない集まりらしい。

伯爵家のタウンハウスに到着すれば、主催者である夫人自らが迎えに出た。歳の頃は四十代程で、栗色の髪の優し気な貴婦人であった。

「今日は、トゥーリオ侯爵様が支援している学生さんをお連れになるということで、楽しみにしておりましたのよ。今日の参加者の中には、同じように学生さんがいらっしゃるので、気楽に過ごしてくださいね」

「ありがとうございます、オベール伯爵夫人」

軽く膝を折って礼を述べれば、にこやかな笑みでもって返された。

そうして案内されたのは、広々とした音楽室であった。部屋の端には、真っ白なグランドピアノが置かれ、それを半円状に囲むように椅子が置かれている。そこには、既に先客の姿があり、ある者は興味深げに、ある者は敵愾心《てきがいしん》剝きだしでフローラに視線を向けた。

そんな彼女たちの視線に気づいているのかいないのか、伯爵夫人が彼女たちにフローラを紹介する。

「みなさん、こちらトゥーリオ侯爵閣下と閣下が支援されているラポール国立音楽院のフローラさんです。さぁ、お二人ともあちらの席にお座りになって」

そう言って勧められたのは、最前列の右端の席だ。

「さて、今日はあの国立歌劇場で歌姫を務め、今はシルビアーノ歌劇団の歌姫でいらっしゃるマダム・リリアンをお迎えしましたわ」

そう伯爵夫人に紹介されて登場したのは、恰幅のいい大柄な女性であった。フローラでさえも知る、有名な女優である。

「どうも皆さまこんにちは。本日は、このような素敵な催しにお呼びいただき、とても嬉しく思います。本日は、音楽院の学生の方が多いということで、音楽院で定番の曲で、ほかの皆様にも馴染《なじ》み深《ぶか》い歌劇の歌を歌おうかと思いますわ」

そう言って、ピアノの前に座る伴奏者に彼女が合図を送ると、彼がフローラにも馴染みのある曲を弾きだす。有名な歌劇の一場面、貧しい村娘が貴族の青年と恋に落ちて、その身分差と恋に苦しむ心情を吐露する歌だ。

さすがは有名歌劇団の看板女優であるだけのことはあり、彼女の歌は聞く者の心を惹きつける。恋の切なさと、身分差ゆえに周囲から認められない悲しみを切々と歌い上げた。

そして、その次に彼女が歌ったのは、異国の王に攫《さら》われた姫君が、故国を偲《しの》び嘆き悲しんで歌う曲だ。これは、恋の歌というよりも、国や家族を思う愛の歌だ。

そして最後に彼女が選んだ曲は、ラポール国立音楽院も芸術祭で演目として扱った、歌劇『天の采配』だ。傷ついた乙女が嘆く場面は、フローラも思い出深い。

そのどれもが主人公が若い少女であるからこそ、学生の題目として扱われることが多く、また有名な歌劇であるからこそ、音楽サロンの参加者であればよく知る演目である。この場で歌うに相応《ふさわ》しい選曲であると言えた。

彼女の歌は、年齢を感じさせない美しい乙女の歌声であった。その美しい歌声に、聴衆がうっとりと聞き入る。彼女がしっかりと歌い上げれば、室内に割れんばかりの盛大な拍手が響き渡る。

これが音楽サロンというものかと、フローラも興奮を隠せず、大きな拍手を贈った。その碧い瞳を感動でキラキラと輝かせ、頬を僅かに紅潮させたフローラを、イヴァーノが柔らかい表情で見下ろしていることには気が付かなかった。

一通り称賛を受けた後に、マダム・リリアンが参加者に視線をやって意味深な笑みを浮かべた。

「では、せっかくですから、学生さんも交えて一場面やってみるというのはいかがでしょう?」

彼女の言葉に、観客たちがお互いに視線を交わし合う。

ある者は、扇で顔を隠して口の端を上げる。ある者は、ちらりとフローラに視線を向ける。音楽学校の生徒たちは、お互いに顔を見合わせた。

しかし、そこで反対意見が上がるわけでもなく、あれよあれよという間に、フローラを含む五名の学生が前へと出された。その誰もが最終学年で同い年だ。ラポール国立音楽院の生徒はフローラの他にはなく、その他は女子音楽学校の生徒だという。

「では、学生さんがちょうど五人いらっしゃるので、先ほどわたくしが歌った『天の采配』の一場面としましょうか」

マダム・リリアンが、学生たちを一瞥《いちべつ》する。

「左の端の方から、花の精霊、風の精霊、湖の精霊、光の精霊……そして、貴女が乙女の役よ」

一番右の端に立っていたフローラを、乙女の役に指定して、マダム・リリアンは妖艶に笑った。フローラに集まる観客からの視線は、どこか値踏みするようなもので、この場が意図的に仕組まれたようにさえ感じる。

いや、実際に意図的に仕組まれたのだろう。

イヴァーノの愛人との噂がたっているフローラの力量を見るために、こうして学生であることを引き合いに出されたのだ。他の学生は、ただそれに巻き込まれただけに過ぎない。

向けられる視線に、フローラは無意識のうちにぎゅっと手を握った。とはいえ、ここで断るという選択肢はないのだ。

幸いなことに、歌詞も音階もすべて頭に入っている。譜面など見ずとも歌えるはずだ。芸術祭のために、何度もクリステルと練習してきたのだから。

この古典演目『天の采配』は、一人の乙女に試練を与える物語だ。

森に迷い込んだ傷ついた乙女に、四人の精霊が声をかけるのだ。

伴奏者が、ちょうど乙女が森に迷い込む場面の曲を弾き始める。まずは、花の精霊の独唱からがスタートだ。

花の精霊役の少女が、独唱を終えればそれに答えるように始まるのが乙女の独唱だ。可愛らしい花の精霊に誘われて、精霊という存在に戸惑いつつも引き寄せられていく普通の少女の独唱。

しかし、森の奥へと乙女を置いて、花の精霊は笑い声を上げながらさらに森の奥へと消えていく。そうして、乙女は花の精霊に惑わされたことに気が付き、嘆くのだ。そんな嘆きの独唱を聞きつけて、現れるのが風の精霊だ。

風の精霊は、嘆く乙女に追い打ちをかける。風の噂とも言える乙女の悪口を、飄々《ひょうひょう》と歌い上げる。

それ以上は聞きたくないと湖の畔で泣く乙女を、湖から姿を現した湖の精霊が優しく慰める。湖の精霊の独唱は、慈愛の歌だ。

そして、立ち直った乙女は、どこからともなく現れた光の精霊に勇気づけられ、道を示す。

フローラは、必死に歌った。イメージは、芸術祭のクリステルの乙女だ。

光の精霊に見送られて、現実と向き合う希望の歌を歌いあげたところで、伴奏も共に終わる。歌詞の間違いも音のずれもなく、何とか大きな失敗をすることなく終えられたと、安《あん》堵《ど》の息を漏らせば、視界に入るのは微妙な表情で見合わせる観客たちの姿だ。

そして、微《かす》かに耳に聞こえてきたのは、「大したことない」「やはり所詮愛人」「あの程度ならいくらでもいるのになぜ」という心無い言葉であった。

明らかな侮蔑に、フローラから血の気が引く。

一緒に歌ったはずの学生からも同じような視線を向けられて、フローラはぎゅっと拳を握る。

支援者であるイヴァーノの顔を潰してしまったということだけは理解できた。居たたまれなさから彼の方を見ることすらできなかった。

やはり、どこへ行っても注目を集めるイヴァーノと共に社交場に出るのは、彼に迷惑でしかないのではないかと瞳が潤みそうになったところへ、広々とした音楽室に大きな声が響き渡った。

「誰だい！　こんな酷《ひど》い演目を企画したのは‼」

それと同時に、一人の老婦人が音楽室に入ってくる。突然の彼女の乱入に、参加者たちが唖《あ》然《ぜん》とした表情で彼女を見やる。一番に彼女に反応したのは、伯爵夫人であった。

「お義母《かあ》様！」

伯爵夫人が、顔色を変えて彼女に駆け寄った。そんな彼女に、老婦人が冷たい視線を向けた。

「名のある音楽サロンが聞いて呆《あき》れるよ。いつからこんな低能に成り下がったんだか」

伯爵夫人が、そう吐き捨てた老婦人を窘《たしな》める。

「お義母様……まだ、皆さん学生さんですから……」

「技量の話をしているんじゃないよ！　配役が悪いって言ってるんだ‼　誰がこんな配役にしたんだか……悪意でもなければ、相当耳が悪い証拠だね！」

歯《は》に衣着《きぬ》せぬ暴言とも言える彼女の言葉に、配役を決めたマダム・リリアンが、顔を真っ赤にして抗議の声を上げた。

「な……っ！　失礼じゃありませんか！」

しかし、そんな抗議の声に、老婦人は冷え冷えとした視線を向けた。それは、明らかな侮蔑だ。

「あんたも一端の女優の端くれなら、手を抜くんじゃないよ！　ほれ、光の精霊役のあんた！　あんたが乙女だ。そんで、湖の精霊役のあんたが、光の精霊！　乙女役のあんたが、湖の精霊で、花の精霊は、まぁそのままでいいよ。ほれ、伴奏者もう一度だ」

老婦人が、パンパンと手を打つと、伴奏者が慌ててピアノに向かう。誰もが反論できる空気ではなく、フローラを含めた五人の学生たちも、慌てて立ち位置に戻った。

先ほどと同じ、森に乙女が迷い込んだ場面の曲をピアノが奏で始める。

花の精霊役は、同じ少女。しかし、そこに乙女役の少女の独唱が加わると、先ほどとは全く印象が変わった。そこかしこで、「こちらの組み合わせの方がいい」だの「この子の方が上手い」だのとひそひそと聞こえてくる。

その後に風の精霊役の少女が歌いだせば、観客たちが隣同士で顔を見合わせ始めた。風の精霊役の彼女もまた、先ほどよりも明らかに役に合っているのだ。

風の精霊役の少女が独唱を終えて、その後を乙女役の少女が引き継ぐ。ここまでは、とても即興で行われた一幕だとは思えないほどの出来だ。乙女の独唱が終われば、遂《つい》にフローラの湖の精霊の独唱となる。

フローラは、心を落ち着けてその時を待つ。

不思議と不安な気持ちはなかった。

誰よりも練習したと自負のある湖の精霊。これだけは、音楽院の教師もイヴァーノでさえも褒めてくれた自信のある役柄だ。瞼を閉じれば、感じるのは森の奥の小さな湖。いつだって、その役柄になりきることができる。

乙女の嘆きを受けて、湖から現れた精霊。

彼女の透明感のある声は、繊細な水辺の精霊を作り出し、その哀愁を漂わせる。まるで清廉な空気と、自然あふれる湖の畔にいるような錯覚さえ与える。その変わりように、聴衆たちは僅かに息を呑《の》んだ。

　フローラが歌っているはずの歌は、音楽室を包み込むように広がり、まるで天井から降り注ぐようにさえ聞こえてくる。先ほどの、乙女を演じていた時のような薄っぺらさはなく、そこに湖の精霊の幻さえ見た。

　そんなフローラの変わりように、同じく前に立つ学生たちも顔色を変える。乙女役の少女など、完全にフローラの湖の精霊に飲まれていた。

　それは観客たちも同様であったようで、多くのものが目を見張った。その中で唯一、イヴァーノと老婦人だけが当然だと言うように、口の端を僅かに上げた。

「ほれ見たことか！　良くなったじゃないか‼」

　満足げに笑った老婦人が、声を張り上げた。

「湖の妖精のあんた！　あんたにゃ声に色気がないんだよ。感情の強い役柄はやめた方がいいね。せっかくの声の透明感が、邪魔しちまう！」

　そして、ぐるりと見渡して今度は、乙女役の学生を指さした。

「それから乙女のあんたは、声に感情が乗りすぎる！　役柄を選ぶね！　あんたが妖精をやると、人間臭くなっちまうよ！」

「ちょっと……お義母様！　ここは音楽院ではありませんのよ‼」

「そんなこと知っとる！　いい加減、お前も人をボケ老人扱いするんじゃないよ‼」

「なんてことを……！」

そんな二人の喧嘩《けんか》ともいえる言い合いに、観客たちはぽかんとした表情で見守るしかない。そんな空気の中、颯爽《さっそう》と二人の……老婦人の前に立ったのは、イヴァーノであった。

「お話し中失礼いたします。失礼ですが、前オベール伯爵夫人で、先々代のラポール国立音楽院の学院長でいらっしゃいますか？」

突然会話に割り込んだイヴァーノを怪訝《けげん》な表情で見上げた老婦人が、片方の眉を器用に上げた。

「何だい？　あんた随分といい男だね」

「お義母様ッ！」

老婦人の失礼な物言いに、伯爵夫人が悲痛な声を上げる。しかし、そんな夫人の反応も何のその、イヴァーノはにこやかに老婦人に笑いかけた。

「お初に目にかかります。イヴァーノ・トゥーリオと申します」

正式に名乗りを上げたイヴァーノに、老婦人がその瞳を真ん丸に瞠目させた。

「……！　トゥーリオ家の富豪侯爵！　そうか！　あんたがトゥーリオ侯爵か！」

「お義母様ッ！　本当に、やめてください。」

そんな老婦人の反応に、伯爵夫人が顔を蒼白にして止めに入る。

「何言っているんだい、あんた！　この富豪侯爵は、当時のラポール国立音楽院にものすごい額の寄付をしてくれた大金持ちだよ！　そのくせ、音楽院には一度も顔を出さないんだから、どんな相手かと思ったら……いやはやこれは、意外だったね。当時は、あんたも若かっただろう」

「ええ、ひとまず利益を寄付するには、手っ取り早くどこがいいかと友人に聞いたら、ラポール国立音楽院にしろと言われたもので」

なんの衒《てら》いもなく、あっさりとそう言い放ったイヴァーノに、老婦人は豪快に笑い声をあげた。

「あっははは！　そうかい、じゃあそのお友達とやらに感謝せねばならないね！　おかげさまで、いい教師が何人も呼べたんだ」

「お役に立てたのなら、光栄です」

にっこりと笑ってみせたイヴァーノに、彼女が怪訝な表情を浮かべた。

「それで、富豪侯爵がなんでこんな陳腐なサロンに？」

もう老婦人の暴言を止める気力もないのか、伯爵夫人がへなへなとその場に座り込む。

「あの湖の妖精が、支援している学生なんですよ。初めてサロンに参加するのにいいかとは思ったのですが……」

そう言って、イヴァーノはフローラへと視線を向けた。それにつられるように、老婦人もまたフローラの方を見る。

「あぁ、あの声に惚《ほ》れた口か。たしかに、あれはいい声だ。歌を選ぶが、ハマればさぞかし聴衆に響くだろう」

「ええ、技量はまだまだですが、育ててみるのも面白いかと思いまして」

「いい心がけだね。音楽院にでかい金額寄付してくれるのはありがたいが、どうしても全体の底上げにしかならん。金がなくて伸び悩んでいる学生なんてごまんといるんだ。元教師としてはありがたい話だよ」

「もう教師の仕事はなさらないので？」

イヴァーノの問いかけに、老婦人は顔を顰《しか》めて伯爵夫人を指さした。

「そこの嫁と息子がするなと煩《うるさ》いんだよ。寄ってたかって年寄り扱いしやがって」

「お義母様は、一度体調を壊されたでしょう！　まるでお義母様を除け者にしているような発言はやめてください！」

「なるほど、でしたらこういうのはいかがでしょう？　今あの子は、オレリア・ピアス子爵夫人に師事しているのですが……」

「オレリア・ピアス……あぁ、オレリア・バークレイのことか。元シエル大聖堂の歌姫だね。いい選択じゃないいないか」

「ありがとうございます。相性はとてもいいのですが、もう少し新しい刺激がほしいと思っていたところなのです」

「つまり、あんたの被支援者の教師になれと？」

「体調のいいお時間のある時だけでかまいません。ご家族の反対にあわない程度に……そうですね。前オベール伯爵夫人に金銭で……というのも無粋でしょう。国立歌劇場の特別席……でいかがでしょうか？」

イヴァーノの提案に、伯爵夫人が瞠目して彼を見上げた。

特別席とは、いわゆる二階席の特別個室のことだ。国立歌劇場の特別個室ともなれば、そう簡単にとることは可能ではない。コネと伝手と金のすべてが必要となってくる。

「ふーん……面白いじゃないか。息子と嫁がぜひにと言うならやってやろう」

体調不良を理由に彼女を屋敷に閉じ込めた息子と嫁が、頭を下げて引き受けてくれと言うのであれば、やっても構わないという裏の意図に、伯爵夫人が悲痛な声を上げる。しかし、老婦人も息子の妻が特別席欲しさに頭を下げて頼むことがわかっているのだろう。

「お義母様ッ！」

「ええ、ご家族とご相談ください」

にこやかに笑ったイヴァーノに、老婦人がふんっとひとつ鼻を鳴らした。

「さぁ、フローラ、そろそろ失礼させていただこう」

イヴァーノに名を呼ばれて、フローラは弾かれたように顔を上げた。そのまま共に歌った少女たちにペコリと頭を下げると、一目散にと彼のもとへと小走りで走り寄っていく。

「あの……ご指導ありがとうございました」

老婦人に膝を折ってお礼を言ったフローラに、彼女は一瞬瞠目した後、呵々《かか》と笑った。

「ラポール国立音楽院の礼節指導は、どうやら健在なようだね」

それには何も言わず、イヴァーノは軽く頭を下げるとフローラの手を引いて部屋を出た。

「侯爵閣下‼」

そんな彼を呼び止めたのは、部屋から飛び出てきた伯爵夫人であった。

「あの……このたびは……とんだ失礼を……」

顔面蒼白で謝罪の言葉を述べる夫人に、イヴァーノはにこりと笑みを向けた。

「お付き合いされる方は、考えた方がよろしそうだ。とはいえ、有意義な時間もいただけましたし、悪くはありませんでしたよ。ぜひとも、ご主人にはよろしくお伝えください」

「は……はい……」

顔色を悪くしたまま何度も頷く彼女に、目礼すると、イヴァーノはそのまま踵を返す。

その翌日に、伯爵家からフローラの教師を務めると返事がくることになるのだが、当然の流れであっただろう。

伯爵としては、今をときめくトゥーリオ侯爵家との繋がりがほしい上に、伯爵夫人には国立歌劇場の特別席がとても魅力的であったのだ。もちろん、イヴァーノがそれを理解しての提案であった。

その一方で、翌年からシルビアーノ歌劇団への寄付がトゥーリオ侯爵家より停止され、シルビアーノ歌劇団は慌てふためくこととなった。


それからのフローラの授業は、とても賑《にぎ》やかなものになった。

通常通りピアス子爵夫人は、週に一度侯爵家を訪れる。それにオベール夫人が同席することもあったし、個別で彼女が侯爵家を訪れることもあった。

全ては、彼女の体調次第。

急遽授業をキャンセルされることもあったが、その場合は侯爵家の音楽室で自主練習をして、サラとお茶をして寮まで送ってもらう。

授業がない日は、クリステルと練習をしたり、お茶をしたり、図書館で読書をしたりと様々だ。時折、イヴァーノが演劇やサロンに誘ってくれることもある。周囲から何とも言えない視線を感じることは多々あったが、不思議とあの日のように、嫌な気分にさせられることはなかった。

そんな話を二人にすれば、オベール夫人が鼻で笑った。

「そりゃあ、我が家であんなの見せられちゃねぇ……」

「あんなの？」

オベール夫人の言っている意図がつかめなくて、フローラは首を傾げた。

「フローラ、あんた湖の精霊結構練習したんじゃないかい？」

「……？　昨年の、芸術祭の演目でした」

「あぁ、どうりで。いい出来だったからね。授業でちょっとやったとかいうレベルじゃなくね」

そう言って、オベール夫人がカラカラと豪快に笑う。

そんな彼女の様子に、フローラはきょとんと瞳を瞬かせるしかない。

「そりゃぁ、あんたの乙女は散々なできだったけどさ……」

「……先生、酷いです。そんなこと、ご指摘いただかなくても、わかっています」

「フローラに、乙女の役ですか？　それって、『天の采配』の？」

しょんぼりと肩を落としたフローラに、ピアス子爵夫人が問いかける。

「そうです。先生のお宅で伯爵夫人が開催された音楽サロンにお邪魔した時に、シルビアーノ歌劇団からマダム・リリアンがいらっしゃっていて、即興で一場面を学生でやることになったのです」

「んまぁ！　それで乙女役をフローラに？　いくら侯爵閣下にいい顔をしようと思っても、その配役はだめでしょう。貴女の声を聴いてその判断は、ちょっと……」

顔を顰めてその選択はないと言い切った子爵夫人に、オベール夫人が溜息を吐いて頭を振った。

「ゴマすりじゃない、あれは完全に嫌がらせだよ。ただの悪意だ。大方この子を貶《おとし》めたかったんだろうよ」

「わたしをですか？」

マダム・リリアンとは、あの音楽サロンが初対面である。そこまでの悪意を彼女に向けられることが何かあっただろうかと、フローラは首をひねる。そんなフローラに、オベール夫人が呆れた視線を寄越した。

「あんたは今社交界で有名なんだろ？　嫁が騒いでいたから覚えているよ」

「まぁ……」

有名と言われれば有名なのだろう。なんとも不名誉な知名度ではある。

「あれだけの人の前で、あんたが恥をかけばよかったのさ。だから、わたしがあの場に乱入したのは、彼女にとっては予想外だっただろうけどね」

そう言って、オベール夫人が意地悪気に笑い声を上げる。それをわかっていてあの場に乱入したのであれば、彼女も大概いい性格である。

「そう言えば、先生はどうしてあの場に？」

「何を言っているんだい！　あのサロンは元々わたしが作ったものだよ。ちょっと体調を壊したら、嫁にとられちまったがね」

オベール夫人が、悔し気に歯嚙《はが》みする。

「……！　そうなんですか？」

「昔はもっと高尚なサロンだったはずなんだがね。あんな女優を呼ぶだけの陳腐なものに成り下がっちまって」

　ぶつぶつと文句を言う彼女に、フローラとピアス子爵夫人は顔を見合わせて笑う。

「それで、どうしてあの場にいらっしゃったのですか？」

「あの時間は、庭で散歩をするようにしてるんだよ。そしたら、あまりにもひどいバラバラの演目が聞こえるじゃないか！　ついつい黙っていられなくてね」

「じゃあ、わたしは幸運でしたね。先生が耳にして変更を指示してくださらなかったら、あの悪意に晒《さら》されたままでしたから……」

「さぁ、どうかね？　あの富豪侯爵なら、配役の変更くらいさせたような気もするけどね」

「そうでしょうか？」

　首を傾げたフローラに、オベール夫人がにやりと笑う。

「むしろ、これこそが、あの富豪侯爵が望んだ結末なんじゃないかとわたしは思うね」

「望んだ結末？」

　オベール夫人は、ぐるりとその場を見渡して、一言「これ」と言った。

「オレリア・ピアス子爵夫人とは別に、新しい教師を探していたんだろう？」

「そうなんですか？」

初めて聞かされた事実に、フローラは思わず聞き返した。

「あの腹に一物も二物も抱えていそうな侯爵なら、わたしを引っ張り出すために演じた茶番だったんだと思えてならないけどね」

「茶番……」

オベール夫人に、「なぁ？」と同意を求められて、ピアス子爵夫人は曖昧な笑みを浮かべた。

◇◇◇

そろそろ社交にも慣れて来ただろうと言われて、フローラが次に伴われたのは、とある公爵家が主催するという夜会であった。

この日のためにイヴァーノが準備してくれたのは、僅かにピンクがかった赤色のドレス。その色味はとても柔らかく、フローラの若さを引き立てた。

腰のあたりには、大きな花を模したリボン。その部分から、長くリボンが伸びる。

襟ぐりは夜会ドレスらしく広めに開いてはいるが、その部分をレースが覆っており、上品なデザインだ。

とてもよく似合うと褒められて、フローラは頬を染めた。

世の中の貴族男性がそうなのか、それともイヴァーノだからこそなのか、こうして必ず褒めてくれる。それが恥ずかしくもあり、嬉しくもあった。

「フローラは、今夜が初めての夜会だったね」

「はい、侯爵様」

「これも何事も経験だ。幸いにも親しい家だ、多少の失敗は大目に見てもらえるから、自由に過ごすと良い」

「自由にとは……？」

首を傾げたフローラに、イヴァーノがにっこりと笑った。

「君の音楽院の友人も何人か参加すると聞いた。わたしと離れている間は、彼女たちといるといい」

「……！　そこまで確認してくださったのですか？」

「初めては、不安だろう？」

「すっごく不安でした」

素直に頷けば、イヴァーノが声を上げて笑った。

「そうか、それならば少しは安心できるかな」

「はい。誰がいるのですか？」

「それは……ついてからのお楽しみかな」

「そんなぁ……」

「この家の主は、音楽に殊の外関心が高くてね。だからこそ、歌姫の関係者が多いだろうね」

「歌姫……」

そう言われて思いつくのは、クリステルを始めとした、母や親族に元歌姫を持つ友人たちだ。彼女たちは、貴族でありながら平民出身のフローラにも親しくしてくれる気のいい友人たちだ。

彼女たちが参加するのであれば、これほど心強いことはない。

クリステルにも、特に夜会には注意しろと言われているのだ。

「あぁ、ついたようだね」

馬車が停まり、馴染みの御者が扉を開ける。イヴァーノに手を借りて馬車から降りれば、目の前に佇む建物は、荘厳の一言だった。

真っ白な壁に、キラキラと輝くランプの明かり。周囲の木々にも施された装飾が、暗い闇夜を明るく照らす。

「この家の家主は、派手好きでね。とはいえ、趣味は悪くない」

「はい、とても素敵です」

素直に同意して頷けば、彼がにこりと微笑んだ。

そのまま手を引かれて建物内に足を踏み入れる。真っ赤な絨毯が敷かれた上を歩いて玄関ホールにたどり着く。そこには、一組の男女が立っていた。

「やぁ！　イヴァーノ、よく来たね」

軽い調子で手を上げた男性に、彼もまた手を上げて応えた。

濃茶色の髪と同色の瞳を持つ彼は、人好きのする笑みを浮かべた。

「エリク、今夜は招待ありがとう」

「いや、こちらこそ。来てくれて嬉しいよ。そちらが、君の可愛いお嬢さんかな？」

そう言って、彼がフローラへと視線を向けた。

「まるで、わたしの娘のような言い方はやめてくれ、エリク。可愛がっているのは事実だが、誤解を招く」

「あはは！　それは、失礼した。初めまして、お嬢さん。僕はエリク、エリク・ヒース・ド・ラポール。イヴァーノの寄宿学校時代からの友人だよ」

「こんなに気安いが、これでもこの国の第五王子でヒース公爵だ」

イヴァーノの補足説明に、フローラはその瞳をまん丸に見開いた。

「……王子様」

「あはは！　その呼ばれ方は新鮮だね。まるで、流行《はや》りの公演の主人公にでもなった気分だ」

今、国立歌劇場で公演されている演目が、『王子様とわたし』というタイトルなのだ。おそらく、彼はそれのことを言っているのだろう。なんだか恥ずかしいことを言ってしまった気分に陥って、フローラは頬を染めて、ぎゅっとイヴァーノの腕にふれる指に力を入れる。

そんな彼女を見下ろして、イヴァーノが柔らかく微笑んだ。

「……失礼いたしました。フローラ・コンテスティと申します。王子殿下に拝謁できて、光栄です」

気を取り直して深く膝を折って礼をとる。

「あぁ、いいいい！　そういうのは、いいんだ。王子なのは事実だけれど、今はただの臣下に下った公爵の一人だからね。もっと気楽にしてよ。フローラ嬢と呼んでもかまわないかな？」

「はい、公爵閣下」

「それでもまだ固いけど……まぁ、いいか。そのうち慣れるでしょう。この人は、僕の最愛の妻のエリーゼ。社交界で顔が利く方だから、困ったら頼るといいよ」

「エリーゼですわ。フローラさんとお呼びしても？」

「はい、光栄です、公爵夫人」

「そんなに畏《かしこ》まらなくてもいいのよ？　実は、わたくしもラポール国立音楽院の卒業生なの。貴女の教師のオレリアとは友人なのよ？」

「エリーゼ夫人に、子爵夫人を紹介してもらったんだ」

「……！　そうだったのですね、とても素敵な先生をご紹介いただきありがとうございます」

「いいえ、友人と仲良くしているようで、嬉しいわ。今度、三人でお茶でもしましょう」

「はい、楽しみにしています」

　フローラが、こくりと頷いたのを見て、公爵夫人がにこりと微笑んだ。

「今日は、楽しんでいってくれると嬉しい。それほど堅苦しい顔ぶれではないから、自由に過ごしてくれ」

　そう言ってにこやかにヒース公爵夫妻に見送られて、イヴァーノとフローラは、会場となる大広間へと進んだ。

「とても素敵なご夫婦でしたね」

「あぁ、そうだろう？　エリーゼ夫人は、ラポール国立音楽院を卒業後は、実家の公爵領にある教会で歌姫を務めていたんだ。ピアス子爵夫人が昨年までいた場所だよ」

　貴族令嬢の中には、実家の領地で歌姫になる者も一定数いる。大抵が高位貴族の令嬢であることが多かった。おそらく、彼女もその中の一人なのだろう。

「今日の会は、そんなエリーゼ夫人の友人関係を中心に招待されているらしい」

「ということは、オレリア先生もですか？」

「おそらく参加されると思うよ」

「それは、心強いです」

「あとは、エリクが主催しているサロンの関係者か。音楽サロンも絵画のサロンも色々と手広くやっていてね。残念ながら、学生は出入りできないから、そちらは君の卒業後かな」

支援者という関係は、在学中だけのものなのであるのに対して、まるで卒業後の先の約束のような響きに、この縁が少なからず続く予感がして、フローラを嬉しくさせる。

「では、まずは君を何人か紹介しておきたい人がいるんだ。付き合ってくれるかな？」

「はい」

イヴァーノを見上げて頷けば、彼が目を細めて笑った。

それから、彼の古い友人だと言う者や、事業で関りがある者、名の売れた音楽家などありとあらゆる人に紹介を受けた。誰も彼も、この業界では名の知れた人たちらしい。

とはいえ、フローラにとってはすべて同じ。等しく彼の知人として挨拶を交わした。

「フローラ！」

大方挨拶が終わった頃、フローラの姿を捉えた友人たちに声をかけられた。

「トゥーリオ侯爵閣下も、ごきげんよう」

何度かフローラの支援者として音楽院で顔を合わせている彼女達は、臆することなくイヴァーノにも挨拶をした。

「フローラのお友達だね。みな見違えたよ」

誰もがみな、この夜会のために綺麗に着飾っている。それを認められたようで、彼女たちが嬉しそうに笑った。

「挨拶もめぼしい人には終わったから、少しの間お友達と過ごすといい。後で迎えに来るよ」

そっとフローラの背に手を添えると、イヴァーノはそう言って知人のところへと歩いていった。

「ちょっと！　何よあれ!!」

「フローラ！　いつからあんなに侯爵様と親しくなったのよ!!」

矢継ぎ早に質問を向けられて、フローラはたまらずに眉を下げた。

「なんかいい雰囲気だったわよね！」

「っていうか、すっごく素敵なドレス！　侯爵様からの贈り物？」

「自分じゃこんなの買えないよ〜」

そもそもフローラは、イヴァーノに用意してもらっているドレス類が、一体如何《いか》ほどするのかなど知るわけもない。一般的に、高いことと平民では到底買えないことは知っているが、それが実際にどれほどなのかは知らないのだ。

「なんか、本当に王子様だね」

「王子様？」

クリステルの言葉の意味がわからなくて首を傾げれば、彼女が小さく苦笑する。

「ほら、今、国立歌劇場で公演されている演目」

「あぁ、『王子様と私』？　あれ？　クリステル、あの演目見に行ったんだっけ」

「支援者の人に連れて行ってもらってね」

あえて誰と名を出さないあたり、支援者が複数いる場合は、気を使っているのだろう。

「なんかちょっと似てないかなって思って。素敵な王子様と出会ったら、世界が広がってハッピーエンド！　みたいな」

「わたしと侯爵様は、そんな仲じゃないわ」

「それは、聞いて知っているわ。でも、侯爵様が、すっこくフローラに優しいのだもの。ちょっと夢見てしまうわよねぇ」

どこかうっとりとそう語るクリステルに、他の友人たちがうんうんと同調するように頷いた。

「……侯爵様は、元々優しいわ」

いつだって、フローラは彼からぞんざいに扱われたことなどない。

「わたくしたちだって侯爵様が紳士の鏡であることは知っているわ。ただ、貴女には、特別優しく見えると思っただけよ」

「……そんなことないと思うけれど」

「まぁ、うまくいっているのならいいのよ。貴女の背中を押したのだから、少し心配に思っていただけ」

「クリステル……」

ちょっとしんみりしかけたところへ、先ほどまで化粧室で場を離れていた友人が、興奮もあらわにやってくる。

「ちょっと！　伝説の歌姫のマダム・ビビアンが来てる‼」

その一言で、しんみりした空気もどこへやら、一気にその場が盛り上がった。


一通り場が盛り上がったところで、フローラは化粧室へと向かった。会場の熱気にあてられて……というのもあったが、友人たちの盛り上がりについていけなくなったというのもある。

日頃仲良くしてくれてはいるが、大半の友人たちは貴族令嬢だ。世間に疎いフローラと異なり、世情にはずっと詳しいのだ。それが理由で、たまに会話についていけないこともある。

ついていこうかと心配してくれたクリステルを断って、フローラは一人で会場を出た。

ふと窓の外を見れば、美しくライトアップされた庭園が見える。

「貴女が、フローラ・コンテスティ？」

背後から声をかけられて。フローラが振り返れば、そこには、黄金色の髪と碧い瞳の美しい女性がいた。彼女の後ろにも三人の女性の姿がある。

「……なんでしょうか？」

まったくの見知らぬ女性たちである。

容姿や雰囲気からしてどこかの貴族令嬢であろうが、この少ないフローラの社交活動期間で紹介を受けた記憶も、出会った記憶もない。そもそも、名を確認されている時点で、向こうもこちらを知らないはずだ。

「ふーん。なんだ、噂通り大したことないのね」

頭の先からつま先まで値踏みするように検分され、彼女は一言そう言った。その視線も口調も、決して気持ちのいいものではない。

「それはだって、ただの町娘ですもの。レイチェル様に叶うはずありませんわ」

「ただちょっと歌が上手いだけの小娘ですもの」

「本当に、せっかくのドレスが勿体《もったい》ないくらい」

口々にレイチェルと呼ばれた女性に追従して、フローラを貶める背後の女性たちに、フローラは僅かに顔をしかめた。

明確な悪意だ。

もちろん、ただの町娘であることに否定はない。実家はただの田舎の食堂で、それが事実だ。だからといって、それを理由に見下される理由はないはずだ。

しかし、ここで何かを言い返せば、状況が悪化することは、長年の経験でフローラは思い知っていた。日頃は相手が彼女たちと同じ貴族令嬢であっても、身分で判断されることない。しかし、最初はそうではない子たちもいたのだ。

そんな相手に真っ向から抵抗すれば、相手は逆上する。当時は、クリステルを含めた親しい友人たちが間に入ってくれたため、今でこそ何事もないが、そういう時期もあったのだ。

取るに足らないと思っている相手が、自分よりも優れたもの優れた環境、はたまた同じ立場であるということだけで、相手が許せないことだってある。

「本当に……その美しい光沢と繊細な色味。ディートラント産の絹ですわね……それに胸元の小花柄のレースは、レフィル領の貴重なもの。この赤色は……レガーリアにしか咲かない希少な花から抽出された染料かしら……？」

レイチェルが、どこか憎々し気にひとつひとつ分析していく。しかし、残念ながらフローラにはどれひとつとしてわからない言葉だ。

「……ちっとも理解していないというお顔ね」

「どうして侯爵様は、こんな価値もわからぬような娘にこのドレスを贈ったのかしら？」

「いくらお金持ちといっても、これでは溝《どぶ》に捨てるようなものですわね」

「顔だって特別美しいわけでもないのに……」

「あら、お声が素晴らしいのですってよ、皆さま」

そう言って、レイチェルが意味深に彼女たちに笑いかける。

「あらやだ、レイチェル様ったら」

「どんな声かは、わたくしたちには想像もできませんわね」

「まったく、これだから町娘は、はしたなくて困るわ」

蔑むような視線に、夜のことを匂わされて、フローラは目を見張った。

愛人だなんだと事実無根の噂があるのはフローラとて知っている。しかし、フローラとイヴァーノは、決してそんな関係ではない。

「はしたないだなんて……そんな後ろ指を指されるような関係ではありません！」

さすがに容姿や生まれを蔑《さげす》まれるのは我慢できても、ありもしない事実で貶められるのは認められない。ここで否定しなければ、それを認めたことになる。

「事実なんてどうでもいいのよ」

そんなフローラの必死の言葉も、レイチェルにすっぱりと切り捨てられた。

「大切なのは、真実ではないの。そんな噂が、あの方の周りに蔓延《はびこ》っているのが不愉快なのよ」

碧い美しい瞳が、憎々し気にフローラを見つめる。

「あの方は、容姿に優れ、人脈もあり、商才に恵まれて……爵位だって高いわ。あの方に足りないのは、高貴な血筋だけ。だからこそ、あの方は高貴な血筋の娘を妻に迎えなくてはいけないのよ！」

そう考える人がいると、教えてくれたのは、紛れもなくイヴァーノ本人であった。血筋が卑しいことを理由に貶める人がいると……。

フローラは、ぐっと拳を握った。

「侯爵様は、十分に素晴らしい人です。そんな……ことを理由に、貶めていいわけがありません」

「でも、事実だわ」

「それが……なんだって言うんですか……。たとえ、貴女の仰るものが貴女の思うレベルを満たしてなかったとしても、侯爵様は十分に素晴らしい成果を残していらっしゃいます」

「……これだから、平民は」

フローラの必死の言葉を、レイチェルは鼻で笑った。

「たとえ素晴らしい成果を残したとしても、その血筋だけで貴族社会では侮《あなど》られるのよ。そうならないためにも、その功績をさらに輝かしいものにするためにも、あの方にはそれを裏付ける高貴な血筋が必要なの。平民の貴女には、貴族社会のことなど何もわからないのですから、余計なことを仰らないでくださる？」

「……」

「とにかく、あなたのような方が彼と行動を共にするだけで、あの方に不名誉な噂が付きまとうのよ。それくらい、貴女のようなもの知らずでもわかるでしょう？」

「……」

「貴女にとって必要なのは、お金だけなのでしょう？　施しを受けるだけなのであれば、わざわざあの方の横に立つ必要なんてないの」


――施し。


酷い冒瀆《ぼうとく》の言葉であった。

たしかに、フローラは決してお金があるわけではない。イヴァーノに、支援を受けているのも事実だ。しかし、それはただお金がないからと彼に強請《ねだ》ったわけではないのだ。

怒りのあまり、ぎりりと奥歯を噛《か》み締《し》める。

「あの方に必要なのは、貴女ではない。貴女が、あの方の周りをうろつくだけで、あの方にとって百害あって一利もないんだもの」

「そうよ！　いずれご結婚されるレイチェル様にとってもいい迷惑だわ！」

「未来の旦那様に、不名誉な噂が付きまとうのであれば、それを取り除くのも未来の妻の務めですわ」

「……けっこん？」

思わず繰り返したフローラの言葉に、レイチェルが得意げに口の端を上げた。

「侯爵様に必要な高貴な血筋を補えるのは、現時点で、王女でいらっしゃるレイチェル様以外いらっしゃいませんもの。何を不思議に思うことがありましょう？」

「……おうじょ」

呆然と呟いたフローラに、周りの女性たちがクスクスと笑い声を漏らす。

「あらやだ。王女殿下のお顔もご存じないだなんて、これだから平民は」

「仕方がないわよ。だって、ご尊顔を拝謁する機会なんてなかったんですもの」

「それなのに、まさか侯爵様の妻にご自分がなれるだなんて思っていたりはしませんわよねぇ？」

「そんな身の程知らずな」

悪意ある笑い声を吹き込まれながら、フローラはぐるぐると思考の渦に捉えられていた。

――イヴァーノが結婚する。


それ自体は、何ら不思議なことではない。

イヴァーノは独身だ。それもクリステルが言っていたではないか。イヴァーノは、社交界に出ている令嬢達にとって『優良物件』だと。

フローラは、自分が彼の相手になるだなどと、大それた夢を抱いたことは一度もない。

そもそもが、フローラとイヴァーノは支援者と被支援者の関係なのだ。それ以上でもそれ以下でもなかった。

ただ、彼の教えてくれる新しい世界が楽しくて、彼の与えてくれる新しい知識や教育が嬉しくて、彼と過ごす時間が楽しかった。ただ、それだけだ。

しかし、レイチェルいわく、彼は彼女といずれ結婚するという。

結婚相手が、不名誉な噂に晒されているなど、女性の側にとっても面白い話ではない。

フローラだけが、愛人だと貶められるならいい。

事実無根である話ならば、堂々としていればいいと言ったのはピアス子爵夫人だ。しかし、それでイヴァーノやその結婚相手を不快にさせていいという話ではないし、フローラは、それを厚顔無恥にも受け入れられる性格ではなかった。

そんなことを悶々《もんもん》と考えていたからこそ、気づくのが遅れたのだ。

パシャリという水音と真っ赤な染み。僅かに飛んだそれが、フローラの顔と胸元、そして腕を濡《ぬ》らした。

一部だけが赤いドレスを葡萄色《ぶどういろ》に染める。レイチェルの手には、中身が入っていたであろうと思われるグラスがあった。

「あ……」

「未来の夫が、他の……それも愛人と噂される女性に最高級のドレスを贈ったなど、許せませんの」

どんなに素敵なドレスでも、こんなに大きな染みができてしまっては用をなさない。

「そんな姿では、会場にも戻れませんでしょう？　馬車を手配しますから、すぐにでも学院の寮にお戻りなさいな」

つまりは、イヴァーノと共に帰ることすら許さないということだろう。

初めてきた場所で、どうしたらいいのかもわからず、立ち尽くすフローラに、苛立たし気に一人の女性が無理やり彼女の手を引いた。

「きゃっ……」

「フローラッ‼」

彼女たちの後ろから、慌てた様子のイヴァーノの姿が見える。状況的にまずいと思ったのか、フローラの腕を摑《つか》んでいた女性が、慌ててその手を離した。

「いったい何が……」

と問いかけて、フローラの惨状に、イヴァーノは顔を顰める。そして、彼女を取り囲んでいる相手を振り返って、さらに眉間の渓谷を深めた。

「……これはどういうことですか、レイチェル王女殿下」

「……イヴァーノ」

レイチェルが僅かにたじろいだ。

「彼女が……フローラが一体何をしたと言うのです」

「それは……」

言《い》い淀《よど》んだレイチェルに、何も聞きたくはないとばかりにイヴァーノは頭を振った。

残念ながら、この国の王女が一人の平民の女性に何かしらの危害を加えたからといって、王女を罪に問うことなどできない。所詮は、ちょっとした行き違い。いざこざ程度で済んでしまうものだ。

それほどに、王家という権力は強いものだ。

「フローラ、今日のところはもう帰ろう」

ところどころに飛んだ葡萄酒を手巾《ハンカチ》で拭《ぬぐ》うと、イヴァーノは上着を脱いでフローラの肩に掛け、そっと背を押した。

この騒ぎに、人々が気づいて少しずつ人が集まり始めたのもある。

「レイチェル、何事だ！　騒ぎはあれほど起こすなと言っただろうが‼」

誰かが呼んだのか、会場の中から激高したエリクが現れる。

「お兄様ッ‼　だってこの人が！」

レイチェルがフローラを指さし、一緒にフローラに目を向けたエリクが、彼女の惨状に目を見開いた。

「フローラ嬢、一体その姿は……いや……その前に着替えのドレスを……」

「必要ない。我々は、これで失礼するよ、エリク」

エリクの言葉を遮るように、イヴァーノが声を被《かぶ》せた。

「あ……あぁ、そうか。では、馬車を……」

そう言いかけたエリクの言葉を遮ったのは、今度はレイチェルであった。

「どうして！　わたくしの何がダメだというのですッ‼　そんな……そんな平民女よりも、わたくしの方がずっと貴方《あなた》の役に立つはず……ッ」

「……ッ、おい、レイチェル」

慌ててエリクが止めようとするものの、彼女の言葉は止まらなかった。

「貴方がわたくしを娶《めと》れば、貴方は今以上に確固たる地位を築けるはずでしょう？　貴方の足りないものを、わたくしなら補えるはずだわ‼」

彼女の心の叫びに、イヴァーノがぴたりと歩みを止めた。

「足りないものを補える……ですか」

「えぇ！　そうよ‼　わたくしなら、貴方をもっと高みに連れていけるわ！」

聞き耳を持ってもらえたと思ったのか、レイチェルが声高に叫ぶ。

「わたしは、これ以上高みに上る必要なんてないのですよ、殿下。今のままで十分に満足していますから。ですから、殿下はもっと殿下に相応しい方をお選びください」

「……相応しい人なんていないわッ！　みんな、わたくしを王女としてしか見ていないのですもの！　わたくしをわたくしとして……お兄様の妹として見てくれるのは、イヴァーノ貴方だけだもの」

「残念ながら、わたしは殿下を殿下個人として見ていたわけでも、エリクの妹として見ていたわけでもありません」

「……え？」

「ただ、興味がなかっただけです。わたしをトゥーリオ侯爵として……没落していた侯爵家を建て直した富豪侯爵としてしか見ていない人たちに」

イヴァーノの辛辣な皮肉に、レイチェルが瞠目する。

「わたしが没落した侯爵のままであれば、たとえエリクの友人であったとしても、殿下はわたしを気になどしなかったでしょう」

「それは……」

図星であったのか、レイチェルが言葉を詰まらせる。長年王女として傅《かしず》かれ、贅沢な生活を享受してきた彼女に、いくら高位貴族といえども貧しい暮らしなどできるはずもない。

そんな彼女に、イヴァーノが苦笑を漏らす。

「そういうものなのですよ。誰もがみな、わたしを富豪侯爵としてしか見ないのです。そういう人たちをわたしは個人として認識しないことにしているのです。ですから、殿下を王女殿下として特別扱いをしなかったのは、特に深い意味はありません」

はっきりとそう言い切ったイヴァーノに、レイチェルは、愕然とした。彼女の兄のエリクはと言えば、その事実を知っていたがために、あちゃーとばかりに顔を手で覆った。

「な……ッ、な……ッ、な……ッ。し……失礼じゃありませんこと!?　わたくしは、一国の王女ですわッ。それを個別認識していないだなんて……ッ」

羞恥心からか、レイチェルの顔が真っ赤に染まる。

「おや、これは異なることを。王女として見ていないことを良しとされていたのに、今さら王女扱いを求めるのですか?」

皮肉気に口の端を上げたイヴァーノに、レイチェルはさらに顔を赤く染めた。

「そ……そんなこと仰っても、彼女だって同じでしょう?　支援されているその子だって、貴方がトゥーリオ侯爵だからこそ出会い、貴方を慕っているんだわッ」

「だから何だと言うのです?」

「え?」

イヴァーノの返答が予想外だったのか、レイチェルがぽかんと彼を見返した。

「わたしは、一度もフローラがわたしを個人として見てくれるから好きだなどと言ったことはありませんよ」

「ど……どういうこと?」

「わたしは、彼女の声に惚れたのです」

イヴァーノの返答に、野次馬《やじうま》がざわりとざわめいた。

「わたしは、ただ単にラポール国立音楽院の芸術祭で彼女が演じた『湖の精霊』の歌声に惹かれて支援者になることを決めました。それ以上でもそれ以下でもありません。フローラにもそう伝えています。ただ、自分好みの歌声を持つ歌姫を育ててみたかったと」

「で……では、貴方が社交界に彼女を連れ出すのは、本当に他意はないということ?」

「少なくとも、巷《ちまた》で噂されているような下世話な関係ではないことは確かですね。フローラが、わたしの愛人だなどと……まったく馬鹿らしい」

「そ……そうなの……」

動揺を押し殺して平生を装ったレイチェルに、イヴァーノは意味深に微笑んだ。

「ええ、今のわたしとフローラは、健全な支援者と被支援者の関係でしかありません。彼女を社交界に連れ出すのは、今後のために彼女に経験を積ませるためですから」

はっきりとイヴァーノが言い切ったことに安心したのか、レイチェルが安堵の表情を浮かべる。

「とはいえ、こんな不本意な噂が流れたのも、わたしのフローラへの思いが伝わってしまったのかもしれませんね」

「え……？」

「初めは彼女の声に惚れました。これは事実です。しかし、その後フローラと時を過ごすうちに、彼女のひたむきな姿や素直なところに惹かれているのも事実です。とはいえ、まだまだ一方的な気持ちですがね」

「そ……んな……だって、彼女はただの平民だわ‼」

瞳を最大限に見開いたレイチェルが、あり得ないと声を荒げる。

「別に我が家はそんなこと気にしませんよ。先代も先々代も侯爵夫人は平民でしたからね。我が家は、血筋にこだわりなんて全くありませんので」

「そんなの……認められませんわッ‼」

「……誰に反対されるというのです？　この国は、貴賤結婚を禁じているわけでもないのに」

認めないと言い切ったレイチェルに、イヴァーノが小さく笑う。そこには嘲りの感情が見え隠れする。

「そんな……の、お父様に言って……」

権力をちらつかせたレイチェルを、イヴァーノは冷え冷えとした視線で見下ろした。

「爵位を返還しろと仰るのであれば、謹んでお受けしますよ。あって困ることはありませんが、なくても困りません。領地も大した広さでもありません」

「な……爵位よりもその子を取ると言うのですの！」

悲痛な叫び声をあげたレイチェルを、エリクが止めに入る。

「いい加減にしないか、レイチェル。そういう話ではないだろうし、父上がそんなことを侯爵に命じれば他の貴族たちからの反感を買う。それは、明らかな越権行為だ。売国行為に当たらない婚姻を停止させる力は、王家にはないよ」

「お兄様ッ」

「それに、イヴァーノとフローラ嬢は未《いま》だそういう関係ではない。単なるイヴァーノの片思いをどうして止められよう」

「だって……」

ぐっと唇を嚙《か》んだレイチェルに、エリクが溜息を吐く。

ここで話に決着がついたと思ったのか、渋面のままイヴァーノが問いかける。

「我々はもう失礼してもいいかな、エリク」

「あぁ、この無鉄砲な妹には、僕から話しておくよ。すまなかったね。フローラ嬢には、後日詫びをさせてくれ」

それには何も返答せず、イヴァーノはフローラの背を押してその場を去っていく。そんな後ろ姿にもうひとつ溜息を吐いて、エリクは声を張り上げた。

「騒がせて申し訳ない。今夜のところはこれでお開きに……また後日、仕切り直しをさせていただきたい」

エリクの言葉に、ぞろぞろと野次馬たちが顔を見合わせつつも帰宅の準備をし始める。

「レイチェル、お前はこっちだ。それから、ご友人たちは、もう帰りなさい」

レイチェルの取り巻きと化していた女性たちは、エリクの言葉にほっと安堵の表情を浮かべた。無罪放免となると思ったのだろう。しかし、そうは問屋が卸さなかった。

「各家には、後日正式に抗議の連絡をさせてもらう。我が家の夜会を潰《つぶ》したのだ。それくらいの責任は取れるだろう？」

格上のそれも王家に連なる公爵家から直々に抗議を入れられたとなっては、社交界での評判は散々なものになる。

思わず息を呑んだ彼女達に、エリクは皮肉気に笑った。

「まぁ、そもそも今日の仕出かしで、噂は一気に広まるだろうがね。君たちは、たかが平民の娘だと思っているかもしれないが、君たちが貶めたのはラポール国立音楽院の学生だ。国がわざわざ金をかけて育てている金の卵を産むかもしれない鶏に害をなしたのだ。」

「お兄様ッ！　そんな大げさな……たかが平民の町娘一人に、なんの力が……」

「だからお前は馬鹿だと言うのだよ、レイチェル。平民だろうが貴族令嬢だろうが、歌姫になってしまえばその価値は計り知れない。彼女たちの歌声一つでどれほどの金を稼ぎ、どれほど国を潤わせるか考えたことがあるか？　ただ、金を湯水のように使うだけのお前たちよりは、遥《はる》かに価値があるよ」

「そんなお金なんて……ッ」

さらに言い募ろうとしたレイチェルに、エリクはその言葉を押しとどめた。

「金がなければ、そのドレスも、首飾りも、耳飾りも何もかも買えはしないよ、レイチェル。誰かが金を稼ぎ、それを国に納めるからお前は贅沢ができる。王女の価値など、政略結婚をして家を繋ぐことしかないのに、トゥーリオ侯爵に現《うつつ》を抜かして自分の価値を貶める王女などなんの価値があろう」

「だって……それは、お父様がお認めくださって……」

「父上が何も仰らないのは、お前が侯爵と縁づくことにメリットがあるからだ。何もお前可愛さに、何も仰らないわけではない」

「……ッ」

レイチェルがイヴァーノを射止めるのであれば、王家にとって理になると黙認していたが、ここまで事が大きくなってしまえば、これ以上はどうにもなるまい。レイチェルが騒げば騒ぐほど、イヴァーノの心は、王家から離れていく。

それはレイチェルも自覚があるのか、悔し気に唇を噛んだ。

「今回の件は、父上に奏上させてもらうよ。そうなれば、すぐにでもどこかの家に嫁ぐことになるだろう。覚悟しておくように」

そう言い切ると、エリクはレイチェルを執事に託して、後始末をすべく会場へと戻った。


始終無言のまま、イヴァーノによって馬車に押し込められたフローラは、そのまま侯爵家へと連れてこられた。

「まぁ！　お嬢様。一体その姿は何事です‼」

ドレスを葡萄酒で汚したフローラを見て、サラが素っ頓狂な声を上げることになったのは、当然の流れだろう。

「ひとまず話は後だ、サラ。着替えさせてやってくれないか」

僅かに疲労を滲ませながら、そう言ったイヴァーノにサラは頷くと、フローラの背を押してそそくさと湯殿へと連れていく。

サラは、手慣れた様子でフローラの汚れたドレスを脱がし、髪も化粧もすべて綺麗に落として、締め付けのない緩やかでありながらも、上質な室内着を彼女に着せた。

しっかりと水分を拭き取られた亜麻色の髪は、いい香りのする香油を塗り込まれ、何度も梳《くしけず》られたために、つやつやと美しい光沢を放つ。

サラの手によって入念に洗われた肌にも香油を塗り込まれ、仄《ほの》かに香る柔らかな香りに、夜会の騒動で疲弊したフローラの心が癒される心地がする。常であれば、湯殿での彼女の手伝いを拒むフローラであるが、この日ばかりはそんな元気もない。

そして、既に湯を使って身綺麗になったイヴァーノが待つ部屋へと案内された。

彼の向かいに腰を下ろせば、サラがすぐにミルクのたっぷり入った甘い紅茶を準備してくれる。一緒に机に軽食が並べられたのは、夜会では何も口にできなかったであろう二人への気遣いであろうか。

フローラは、勧められるがままに茶を口にして、ほっと息を吐いた。茶の甘さが身に染みる。

「厄介な騒動に巻き込んで、すまなかったね」

同じように茶を一口飲んで、イヴァーノが気まずげに口を開いた。彼の口から出たのは、明確な謝罪の言葉だった。

「いえ……危害を加えられたわけではありません。ただ、せっかくいただいたドレスを汚すことになってしまい、申し訳ありません」

フローラでもわかるほどの素晴らしいドレスであっただけに、非常に残念であった。サラは、染み抜きをすれば大丈夫だと請け負ってくれたが、それでも心苦しさは残る。

「いや……似合っていただけに惜しいことをしたとは思うが、被害がドレスだけで済んだのであれば良かったのだろう。フローラに危害を加えられなくて良かった。もし……君に何かあれば……」

「大丈夫です！　何もありませんでしたからッ」

どこか不穏な空気を感じ取って、フローラは何もなかったと力いっぱい頭を振る。今回のことを理由に、イヴァーノとエリクを始めとした王家の間に蟠《わだかま》りなど残してほしくないのだ。

「しかし、彼女に酷い言葉を投げつけられただろう？」

「う……それは……でも、仕方のないことです。わたしが平民なのは事実ですし、侯爵様に支援いただいているのも事実です。たしかに謂《いわ》れのない嘲笑は受けましたが……それも、侯爵様を思うがゆえですよね？」

事実無根のことで葡萄酒をかけられて罵倒されるのは二度とごめんだが、彼女の気持ちも理解できないわけではない。

「身勝手な思いは、ただ迷惑なだけだ。それで真の思い人を傷つけられるのであれば、なおさらだろう」

イヴァーノの灰褐色の瞳が、真っすぐにフローラを見つめる。その視線の鋭さに、フローラはその場に縫い留められたように体を固まらせた。

「あの場で王女殿下にも言ったが……わたしが好ましいと思っているのは、君だよフローラ」

「……ッ」

そっと手を取られて、そのまま引き寄せられる。

「あのような場所で先に口にするつもりはなかったが……わたしが、フローラを好ましく思っていると言ったのを、覚えている？」

「……侯爵様」

「こんな年の離れた男が、君のようなうら若い女性に手を出すのは褒められたことではないのだろうが、どうしても惹かれてやまないんだ」

近い距離で見つめられて、フローラは恥ずかしさから瞳を伏せる。心臓が、どうしようもないほど大きな音を立てる。

「最初はフローラの声に惹かれたが……君を知るうちに、もっと近しい距離で……共に時を過ごしたいと思うようになった……」

「……ッ」

息を呑んだフローラに、イヴァーノが目尻を下げる。

「……こんなわたしを、気持ち悪いと思うかい？」

イヴァーノの問いかけに、フローラはとんでもないと頭を振った。彼に思いを告げられて、不快に思う女性など決していないだろう。それほどに、彼は素晴らしい人だ。

「わたしは、悪い大人だから……拒否をされないと、いたいけな少女を囲い込んで手に入れてしまうよ？」

大きな掌《てのひら》が、フローラの頬に触れる。二人の距離が近くなって、そっと柔らかいものがフローラの唇に触れた。口づけをされたのだと気づいた時には、羞恥心から顔が真っ赤に染まる。

そんなフローラの姿を、イヴァーノは目を細めて見つめる。慈しむような穏やかな表情であった。

「もしも、私の気持ちを受け入れてもらえるのであれば、わたしの恋人になってほしい」

決定的な言葉に、フローラはその碧い瞳を見開いた。

「とはいえ、今日はきっと色々なことがあってフローラも混乱しているだろう？　返事は今じゃなくていい。もちろん、断ったからといって支援を取りやめたりはしない」

動揺に揺れるフローラの瞳の中を覗《のぞ》き込《こ》んだイヴァーノが、そっと彼女の目尻を指でなぞる。

「フローラの、正直な気持ちを教えてほしい。だから、よく考えて」

そう言って、イヴァーノはフローラの目尻に唇を落とすと、柔らかく微笑んだ。

どこか実感がないまま、侯爵家の馬車で音楽院の寮まで送り届けてもらったフローラは、自室に戻るなりクリステルに捕まった。

「ちょっと！　フローラ‼　一体、あの後何があったの！」

クリステルの物凄《ものすご》い剣幕《けんまく》に、フローラは思わず一歩後ずさった。とはいえ、化粧室に行くと言った友人が、何かしらの騒ぎに巻き込まれて戻ってこなかったとなれば、心配するのも当然のことだ。

ことのあらましを語ったフローラに、クリステルが盛大に舌打ちをする。

「……あんのクソ王女。嫁き遅れの年増女《としま》のくせに……」

クリステルの口からとんでもない悪態が聞こえて、フローラはぎょっと目を見張った。

王族相手への暴言だ、不敬罪に問われかねない内容である。

クリステル曰《いわ》く、レイチェルは現在二十二歳。王女であれば、十代のうちに婚約者が決まって、成人と同時に婚姻というのが定型であるところ、我儘《わがまま》を言ってその手の話をずっと断っているらしい。

国王夫妻から産まれた最後の子供で、唯一の王女。美貌の王妃によく似た色彩をもって生まれたことから、国王夫妻も手放しがたいのだろうか。それとも、何か彼女の我儘が許される理由があるのか……。

「それで？　いつもなら侯爵家に泊まってくるフローラが、こんな時間に寮に戻ってきたのは、侯爵様との間に何かあった？」

　クリステルの鋭い指摘に、フローラは僅かに表情をひきつらせた。普段のフローラであれば、夜の催しに参加した際は、侯爵家で一泊してから翌朝寮に戻るのが常であった。それは、遠くはない距離とはいえ、フローラの身を心配してのことだ。

「……それは、クリステルも同じじゃない。今日は、実家に戻らなかったの？」

「わたしがここにいるのは、フローラが心配だったからでしょうが！」

「……ごめん」

　何かしらのトラブルに巻き込まれたであろう友人を心配して、両親が引き留めるのを振り切って寮に戻ってきたと言うクリステルに、フローラは素直に謝罪する。

「クリステル、ありがとう」

　彼女のその優しさがどうにも嬉しくて、泣き笑いのような表情で笑いかければ、少しだけ照れたようにクリステルが鼻を鳴らす。

「それで？　どうして帰ってきたのよ。侯爵様なら、心配するでしょうに」

「それは……」

　クリステルの問いかけに、フローラは気まずげに視線を彷徨《さまよ》わせた。

「フローラ?」

「ちょっと……気まずくなっちゃって……」

「気まずくって……ちょっと！　侯爵様に、何かされたわけじゃないでしょうね⁉」

「……」

視線を逸《そ》らして黙したフローラに、クリステルが顔色を変えた。

「フローラ⁉　まさかとは思うけれど、学院長に報告が必要な案件とかいう話じゃないでしょうね‼」

学院長に報告が必要な案件……それは、支援者が学生に対して無体を働いたということである。とんでもない濡《ぬ》れ衣《ぎぬ》に、フローラはブンブンと頭を振って否定する。

「違う……ッ！　クリステル、違うから‼　別に無理やりされたとか、支援を笠《かさ》に着てとかじゃないから‼」

「あぁ……びっくりした。そうよね、あの侯爵様が、フローラ相手にそんなことするわけないわよね……あんなに大事にしてくれているんだもの」

「うん……大事に、してもらっています。たぶん」

それは、支援者としての金銭面だけの話ではない。イヴァーノが、フローラのために忙しい合間を縫って空けてくれる時間や、侯爵家での使用人たちのフローラに対する接し方ひとつとっても、ただの被支援者相手への扱いというには過分すぎた。

「じゃあ、何があったのよ」

「侯爵様に……恋人にならないかって……」

頬を染めて恥ずかしそうに答えたフローラに、クリステルは盛大に安堵の息を漏らす。

「なんだ、それだけ……あまりにフローラが挙動不審だから、てっきり口づけとかそれ以上とか考えちゃったじゃない……」

「く……口づけは、されたかも……」

素直に白状したフローラに、クリステルが瞠目する。

「その、唇が触れて……それで、恋人になってほしいって言われたの」

「いや、まぁ……侯爵様もいいお歳だものね。そのままなし崩し的にどうこうしなかったのは、良かったと言うべきなのか……」

そう言って、クリステルが悩むように頭を抱えた。

「それで？　お返事はしたの？」

クリステルの問いかけに、フローラは小さく頭を振った。そんな彼女の姿に、クリステルが意外だと言うように驚いた。

「だってフローラってば、侯爵様に憧れているわよね？」

親しい友人であるクリステルには、フローラの気持ちはすべて筒抜けだったのであろう。

そう言い切った彼女に、フローラは頬を染めて恥ずかし気に俯《うつむ》いた。

「……そんなにわかりやすいかな？」

「まぁ、あの夜会の姿とか見ちゃうとね。侯爵様は侯爵様で、フローラに対して既に恋人のような扱いをしているし……」

イヴァーノに恋人扱いをされていたのかと、瞳を瞬かせたフローラに、クリステルが苦笑する。

「だからこそ、王女殿下がフローラを攻撃したのでしょうし、ご令嬢方からある事ない事悪口を言われるのよ。誰が見ても、侯爵様がフローラを大事にしていることは丸わかりだもの」

改めて友人の口からそう指摘されると、どうにも心の内がそわそわと落ち着かなくなる。それが、イヴァーノの言葉を裏打ちしているようで、どうしようもないほど嬉しいのだ。

「それで、受けるのよね？」

さも当然だと言うように問いかけたクリステルに、フローラは眉尻を下げた。

「……正直、迷っているの」

「どうして」

イヴァーノが、フローラを恋人にと望んでくれたことは、心の底から嬉しいと思う。あれほど素敵な男性から望まれて、喜ばない女性などいないだろう。

「だって……わたしただの平民だもん。侯爵様になんて、釣り合わないよ……」

「別に結婚するって話でもないのだし、身分なんて関係ある？」

「え？」

「恋人ってそんなに深く考えてなるもの？」

「え？」

クリステルから飛び出した意外な言葉に、フローラは瞳をぱちくりと瞬かせた。

「だって、お互いに婚約者がいるわけでもないじゃない？　今どき恋人になったからって結婚するわけじゃないし、わたしたちまだ十七よ？」

「それは……そうだけど……」

「わたしたち学生だって、節度あるお付き合いなら、恋人を作ることを禁止されているわけじゃないわ」

若い時の恋愛経験は、歌の肥やしになるというのが、このラポール国立音楽院の考え方だ。恋を知らなければ、恋の歌に深みがない。初恋も片思いも失恋も、舞台女優としての歌姫を目指すのであれば、経験しておいた方がいいということだ。

もちろん、その後の評判にも関わるため、当然ながら節度ある付き合いが求められる。相手をころころ変えるような関係は、ご法度である。

「せっかく素敵だと思っている人が、恋人になろうって言ってくれているのよ？　断るだなんて勿体ないじゃない」

勿体ないのだろうか……とどこか腑《ふ》に落ちない気持ちで首を傾げたフローラに、クリステルがにやりと意味深に笑った。

「それとも、口づけが気持ち悪かったとか？」

「き……気持ち悪いって……」

思わずぎょっとフローラが目を見開けば、クリステルがケラケラと陽気に笑った。

「いや、大事なことでしょ。嫌悪感がある人と恋人になんてなれないもの。それに、口づけして胸がドキドキと高鳴るのなら、それはもう恋の始まりね。そんな歌劇、いくらでもあるでしょう？」

あっけらかんと言い放ったクリステルに、フローラはそうなのだろうかと考え込む。たしかに、恋愛要素の強い歌劇では、悲劇でも喜劇でも口づけから恋が始まるものも多い。

そんな彼女の様子に、クリステルが肩を竦めた。

「誰もが目を引く美形で、お金持ち。女性関係の噂も聞かないし、ラポール国立音楽院の支援者として認められるほど品行方正。フローラに嫌悪感もないどころか憧れの人。何を悩むことがあるかな？」

「だって……恋人になれば、また周りが色々と言うわ」

彼からラポール国立音楽院を通して正式に支援を受けているだけでも愛人だのなんだのと言われるのだ。これが、恋人となればその比ではない事を言われることは目に見えていた。

「そんなこと気にしているの？　そんなの今更だわ。それに、みんなフローラが羨ましいだけ。言いたい人には言わせておけばいいのよ」

「……」

「お母様だって在学中に十人の支援者がいて、その誰もが若い高位貴族だったから散々言われたらしいけれど、国立歌劇場の歌姫になったら誰も何も言わなくなったって言っていたわ」

「それは、クリステルのお母様が国立歌劇場の歌姫だったからだわ」

「あら、わたしたちだって歌姫になるわ。それがどこかなんて関係ない。そのために、わたしたちは日々努力しているのでしょう？」

クリステルの言葉に、フローラははっとする。

『歌姫』になる。それは、ラポール国立音楽院に所属する学生であれば、全ての学生が目指すべきものだ。歌を歌うために、そして歌を聞かせるために、フローラたち学生は日々研鑽を積んでいる。

「支援は施しじゃないわ。わたしたちは、歌という形でその対価を支払っているもの。だから、わたしたちは、『愛人』じゃない」

あまりにも心無いことを言われるがために、フローラ自身も気弱になっていたのだろうか。支援制度は、この国の未来のための先行投資。より優秀で実力のある『歌姫』を世に送り出すための『支援』であるというのが、この制度の根底にある。

だからこそ、支援者と認められる者は、ラポール国立音楽院側から厳しい精査を受けることになる。それを知らない者たちが何を言おうと、無知を曝《さら》しているだけに過ぎない。

「だから、周りに何を言われてもいいのよ。あまりにもひどいものなら、きっと侯爵様が助けてくれるわ」

現に王女殿下の時も、イヴァーノが庇《かば》ってくれたのだ。

「まぁ、切ない片思いも、恋のひとつだと思うけれどね。あー……でも、フローラたちの場合は、両片思いになるのかしら」

クリステルがそう言って、含み笑いをする。

「でもね、フローラ。片思いも楽しくて素敵なことだけれど、両想いになるともっと楽しいのよ」

「……楽しい？」

「ええ、もちろん！　だって、好きな人が思いを返してくれて、お互いに相手の特別でいられるのよ？　これって、とても素敵なことでしょう？」

「……」

「だからね、フローラが侯爵様のことが好きならば、恋人になってみるべきよ。きっと、もっと世界が広がるわ！」

そう言って、クリステルは満面の笑みを浮かべてみせた。

◇◇◇

イヴァーノの薄い唇に視線がいってしまえば、自《おの》ずと先日の記憶が蘇《よみがえ》る。それは、どこかフローラを落ち着かない気持ちにさせて、彼女はそっと視線を外した。

侯爵家の応接室。隣にイヴァーノの執務室があるというその場所は、普段は親しい人を迎え入れる時に使用する部屋らしい。

本当ならば、今日はオベール夫人のレッスンを予定したのであったが、夫人の体調不良を理由に断りの連絡が来たのは、まだつい先ほどのこと。すでに侯爵邸に到着していたフローラは、今日は自宅にいたイヴァーノと共に、こうして二人だけの茶会を開くことになった。

そんな二人の距離は非常に近い。手を伸ばせば届く距離に彼がいるという事実が、さらにフローラを落ち着かない気持ちにさせた。

先日のことがあってから、こうして顔を合わせるのは初めてだ。

しかも、クリステルに指摘されてから、己の気持ちを自覚したためか、どうにも気恥ずかしい。

しゅっとした細い顎のラインに、僅かに弧を描く薄い唇。

あの夜は、突然のことで正直あまり覚えていない。そこに再び触れたら、どんな感触がするのだろうかと想像して、フローラはぶんぶんとその思考を追い出すように頭を振った。

「……フローラ？　今日は、調子が悪いのかい」

手を止めたイヴァーノに、少しだけ案じるような視線を向けられて、フローラは自分の思考に顔を真っ赤に染めた。

「な……なんでもない……ですッ」

「本当に？　ここに心あらずな感じだし……何か心配ごとでも？」

「いえ……あの……」

貴方の唇に触れたらどんな感じがするのかと考えていたなどと、当然口にすることができるはずもなく、フローラはしどろもどろに動揺するしかない。

「何かあるのなら、言ってくれないとわからないよ、フローラ」

「いえ……だから……その……」

「フローラ」

窘めるように、イヴァーノがフローラの名を呼ぶ。

「あの……その……えっと……」

真摯な瞳に見つめられて、逃げを打つこともできず、かと言って、うまい誤魔化《ごまか》しの言葉も出ずに、フローラはえいままよとばかりに素直に吐き出した。

「……侯爵様を……見ていました」

「……わたしを？」

イヴァーノが、その瞳を細めてフローラを見る。コトリと音を立てて、彼が手にしたペンをテーブルの上へと置いた。

「その……クリステルが、く……くちづけをしてドキドキしたら……それは恋の始まりだと言うので……」

真っ赤に顔を染めて突拍子もないことを言い出したフローラに、イヴァーノは一瞬動きを止めた。そして、その意味を考えて、僅かに目元を染める。それを押し隠すように、イヴァーノはニヤつきそうになるくちに手を当てた。

「……そうか。それで、わたしの唇を見ていたと……」

「……ッ」

息を呑んで顔を真っ赤に染めたフローラは、正に食べてくれと言わんばかりのご馳走《ちそう》のようだ。そんな彼女の姿に、イヴァーノは人知れず舌なめずりをする。

細めた瞳が、貪欲なまでにギラギラと光を放つ。

「わたしとの口づけは、ドキドキした？」

僅かに声がかすれていることに気が付きながらも、イヴァーノはフローラの唇に触れるギリギリの位置まで顔を寄せた。

「……こうしゃく、さま……」

吐息のような声でフローラがイヴァーノを呼ぶ。

「答えられないのであれば……もう一度、試してみようか」

拒否されないことをいいことに、イヴァーノはそのままフローラにその唇を重ねた。

一瞬触れるだけの口づけ。瞳を僅かに見開いた彼女に、イヴァーノが小さく笑う。

「フローラ、口づけをする時は、瞼は閉じるものだよ」

そう言って、そっと目元に大きな手を添えた。それと同時に、再び唇が優しく触れる。

彼が手を離した時には、閉じられた瞼がうっすらと開く。

「拒否されないのなら……このまま続けてしまうよ」

低く甘く囁いた声が、小さく笑い声を含む。

覆《おお》いかぶさるような大勢になったイヴァーノが、今度はそのまま深く口づけた。混乱するフローラの歯列を割った彼の舌が、彼女の舌を捉えて絡められる。その未知の感触に、フローラはビクリと体を震わせた。

何度も角度を変えては口づけられ、口内のあらゆる場所を舐《な》められる。

唇が離れた頃には、どこかぼーっとイヴァーノを見上げるしかなかった。そんな彼女に、

イヴァーノはとろりと甘い笑みを浮かべた。

そして、そっと心臓の上へと手を置いた。

「ドキドキ……しているね」

「こうしゃくさま……」

「イヴァーノと、呼んでくれないか」

「……イヴァーノさま？」

「あぁ、それでいい。わたしとの口づけは、不快だった？」

そんな問いに、フローラはふるふると頭を振った。むしろ不快どこから、胸はドキドキと大きな音をさせている。

「じゃあ、君の友人の言葉を信じるなら、フローラは僕に恋をしてくれたのかな？」

「こい……」

どこかぼんやりする頭で彼の言葉を反復すれば、イヴァーノが小さく笑った。

「ねぇ、フローラ。このまま君をわたしの恋人にしてしまってもいいかな？　フローラが、可愛すぎるんだ……」

ちゅっと音を立てて再度唇にそれが触れて、じわじわとゆっくりその意味を理解したフローラは、難しいことを考えることもできず、その瞳に魅入られるようにこくりと頷いた。

彼の腕の中は暖かくて、力強いその腕はフローラに安心感を与えてくれる。その瞬間だけは、抱いていた不安など一切忘れてしまうほど……。

「ありがとう、嬉しいよ」

再度触れるだけの口づけを落として、イヴァーノはそのままフローラを膝に抱え上げた。

「きゃっ」

小さく悲鳴を上げたフローラを宥めるように、今度は頬に唇を落とす。イヴァーノの美貌が間近に迫り、フローラは恥ずかしさゆえに視線を逸らした。

そんなフローラをお構いなしに、イヴァーノは、そのままフローラのうなじに唇で触れた。

「……ッ」

小さく息を呑んだフローラを宥めるように、今度はその場所をべろりと舐め上げる。

「フローラ、可愛い」

耳元で囁いたイヴァーノが、そのままちろちろとうなじを舐める。

「やぁッ、そんなところ……ッ」

初めての感覚に体を捩《よじ》ったフローラを強い力で抱きしめて、イヴァーノが喉の奥で小さく笑う。

大きな掌が、頬に触れ、そのまま唇を弄び、首筋を擽《くすぐ》って、そっと体のラインを確かめるように体をなぞる。何度か往復したその掌は、二つの膨らみへと到達する。

　フローラの今日の格好は、綺麗めなワンピースだ。当然ながらコルセットなどしておらず、イヴァーノの手の体温が、ダイレクトに伝わった。

「こ……こうしゃく……さまッ？」

「違うよ、フローラ。イヴァーノと呼びなさい」

　お仕置きだとばかりに、舌を這《は》わせていたうなじにちりっとした痛みが走る。

　イヴァーノの掌が、フローラの膨らみの形を確認するように、柔らかく服の上から撫でる。それだけで、妙な気分にさせられる。体温が勝手に上がって、フローラは、ふぅっと悩まし気な吐息を漏らした。

　フローラが拒否しないことをいいことに、イヴァーノの手は大胆にもフローラの膨らみを揉《も》みこんだ。柔らかな肉が、彼の手によって形を変えた。

「ダメ……です……」

「ん？　何がダメなのかな？　わたしにこうして触れられるのは、気持ち悪い？」

　耳元でそう問いかけられて、フローラはふるふると頭を振った。

「……はずかしい」

　素直にそう答えれば、イヴァーノが小さく笑った。

「でも、これは恋人同士なら当然する行為だよ」

「……そうですが」

フローラとて真《ま》っ新《さら》な無知ではない。寮生活をしていれば、男女のあれこれは自然と耳にするものだ。だからこそ、今何がなされているのか、ということは、頭では理解している。

ただ、聞くのと実際にされるのでは、こうも違うものかといたたまれない気持ちにさせられる。

「嫌だったら、言って。すぐにでも止める。フローラに嫌われるのは、本望ではないからね」

「そんな……嫌うだなんて……」

「だったら、もう少しだけ触れ合わせて……こうしてフローラが恋人になったことを、実感したいんだ」

そこまで言われて「否」と言えるはずもなく、フローラは羞恥心を堪えて、ぎゅっと目を瞑った。そんな彼女の姿に、イヴァーノが小さく笑って、頬に唇を落とす。

「ありがとう、フローラ。可愛いね」

その間にも、彼の手はフローラの膨らみを弄《いじ》り、時折その先端を刺激する。その度に体がびくりと震えて、フローラは恥ずかしさに何度も頭を振った。

不埒な手は、いつの間にかフローラのワンピースのボタンを外し、下着の肩ひもを落とす。柔らかな乳房が顔を出し、先端の赤い乳首がつんっと自己主張する。

ぐにぐにと乳房の形を変えながらも、もう片方の手がフローラの下肢へと伸ばされる。秘められた場所を優しく撫でられれば、ぴりりとした何とも言えない刺激がそこから生まれた。

「ん……ッ、やぁ……」

小さく声を漏らせば、宥めるようにイヴァーノが首や頬に口づけを落とす。下着の上から秘められた場所を撫でられるだけで、じりじりと熱がこもり始めた。

「気持ちいいかい?」

「……きもちいい?」

これが気持ちいいということなのだろうかと僅かに首を傾げたフローラに、イヴァーノが小さく笑う。

「じゃあ、どんな感じ?」

「……なんだかじんじんするんです……もどかしいの」

「そうか、それがきっと気持ちいいということだね。フローラの体が、快感を拾い始めているんだね」

「快感……」

「ほら、気持ちいいと言って御覧? もっと気持ちよくなれるよ」

「もっと……?」

「あぁ、もっとだ……。恥ずかしがることじゃない。言って御覧？」

「……」

「ほら、気持ちいいかい？」

グリっと強めにその場所を押さえられて、フローラはピクリと体を震わせた。

「あ……んッ……」

「ほら、フローラ？　気持ちいいだろう？」

「あん……ッ、きもち、いい……ですッ」

ぐにぐにと、イヴァーノがそこを弄る。その間も、乳房を弄る手は止められず、彼の唇はちゅっちゅと軽い調子でフローラのうなじやむき出しになった肩を吸う。

「は……ッ、あ……ッ」

悪戯な唇が、フローラの耳朶《じだ》を舐め、甘噛みする。

舌が耳の中へと入りこみ、直接的にぐちゅぐちゅと厭《いや》らしい音を響かせる。

「あぁ……ッ、やぁ……ぁッ」

彼の早くなる手の動きと共に、下腹部にジンジンと熱が溜《た》まる。フローラは、その何かがやってくる感覚に怖くなって、ぎゅっと手近にあったイヴァーノのトラウザーズを摑んだ。その拍子に、上質な生地に皺《しわ》が寄る。

「あ……ッ、あ……ッ、あ……ッ！　やぁ……ッ、こうしゃく……さまぁ……ッ」

ぎゅっと目を瞑ってその迫りくる何かを耐える。

パンッとはじけたそれは、一瞬で目の前を真っ白にした。

くったりと脱力したように、体をイヴァーノに預ける彼女を、彼は慈愛に満ちた表情で、ちゅっとこめかみに唇を落とすと、そのまま抱き上げた。

幸か不幸か、今日の茶会の席はイヴァーノの執務室の隣にある応接室だった。執務室を抜けてその奥には、彼が仮眠をとるための部屋がある。

イヴァーノは、フローラをその部屋の寝台の上へとそっと下ろした。この時点で、我慢するなどという気持ちは、イヴァーノには欠片《かけら》もない。

飢えにも似た渇望。

大人の顔をして待つと彼女には言ったものの、手に入れたと意識してしまえば、到底我慢などできるはずもない。

そもそもが、イヴァーノにとっては久々の情交だ。

経験は、そこそこ。ある程度の金が手元に入るようになった頃に、誘われて何度か。ただ、それも見え透いた女性たちの思いに辟易《へきえき》してしまってすぐに手を引いた。

その道の本職の女性たちは、虚《むな》しさが残るだけで一度で辞めた。

それからは、身綺麗なものだ。

そっとフローラの衣服を取り去れば、真っ新《さら》な裸体が現れる。気をやったことで仄かに桃色に色づく体は、この世の汚れといったものとは違う場所にいるようだ。

「本当は、気持ちが整うまで待ってあげるべきなのだろうけれど……」

気が変わらないうちに己のものにしたいという本音を、イヴァーノは呑み込んだ。

イヴァーノは、ベストとシャツを脱ぎ去ると、見た目に寄らず逞《たくま》しい体をフローラに重ねた。

ちゅっと音を立てて、イヴァーノがフローラの額に口づける。

「怖いかい？」

「……少し」

「そうか、だが止めてやれないわたしを許してくれ。愛しているよ、フローラ。だから、このままわたしのものになって」

深く唇を重ねられる。

イヴァーノの大きな手が、フローラの秘められた場所を探り、長い指をその奥へと差し入れた。僅かなぬめりを頼りに、その中を探る。

初めてであろう彼女の中は、当然ながら酷く狭い。慎重に、フローラの反応を見つめながら、徐々に指の本数を増やしていく。

息の上がり始めた彼女に、イヴァーノは人知れず笑みをこぼす。

陰核を弄り、乳房の先を弄ぶ。

己の張りつめて固くなった男根をそこにあてがう頃には、フローラはどこかぐったりした様子で宙を見つめていた。

「……入れるよ、フローラ」

「……ッ」

当然ながら、彼女からの返事はない。

狭い処女地をこじ開けるように進めば、痛みでフローラが顔を顰めた。どれほど馴《な》らしたとしてもこればかりは痛いと聞く。

それでも、それを嬉しいと思う自分はどうしようもない男だと、イヴァーノは一人自嘲する。

何度も押しては返し、慎重に進めば、二人ぴったりと合わさったように、イヴァーノのそれがフローラの中に納まった。

馴染むまで待って、ゆっくりと抜き差しすれば、多少なりも快楽を拾うのか、時折フローラが声を漏らす。

そうして、イヴァーノは、深く唇を合わせながらも、名残惜し気に彼女の中に白濁を放出した。

3. 歌姫のたまご、恋の喜びを知る

ラポール国立音楽院には、長期休暇が年に二回ある。

夏季と冬季。ちょうどこの、夏季休暇から冬期休暇の間が、社交界でもっとも催しが活発化する時期でもある。つまり、冬期休暇の時期には催しも一通り落ち着き、領地を持つ貴族たちは、領地へと戻っていく。

例年であれば、家族と共に年を越すために家へと戻る友人たちを見送って、寮に残るメンバーと共に過ごすのがフローラの休暇の過ごし方であった。しかし、今年のフローラは、恋人となったイヴァーノから誘いを受けていた。

もちろん、多くの事業を手掛けるイヴァーノが長く休みをとれるわけではない。それゆえに、年越しの前後一週間、旅行に行くらしい。

あの正式に恋人となり体を重ねた日から、すでにふた月が経《た》とうとしている。その間に、フローラはイヴァーノに連れられて、大小さまざまな夜会に参加した。

陰に日向《ひなた》に、心無い言葉を耳にしない場所はない。しかし、イヴァーノは決してフローラの傍を離れなかったたし、己の言葉を体現するようにフローラを慈しんだ。

それは、公の場所だけではない。

存外に筆まめな質なのか、仕事で出かけた先からは必ず細やかな贈り物と共に手紙をくれる。


可愛らしい細工の髪留め。

レース編みの素晴らしい手巾《ハンカチ》。

美しい色合いのガラス細工。

いい香りのする香水。

珍しい外国の菓子。


そんな年頃の少女が憧れるものに交じって、時には浜辺で拾った貝殻だとか、その地で摘んだ花の押し花という時もある。

そのどれもに、それを手に入れた時の逸話が手紙に書かれていて、フローラはまるでイヴァーノと共にその地を訪れている気分になる。

イヴァーノが王都に戻っている時には、忙しい合間を縫ってフローラを有名な劇団の公演に連れて行ってくれることもある。

そんな彼の行動すべてが、フローラを想っていてくれているようで、少しばかり面映《おもは》ゆい。

この長期休暇の間は、侯爵家で過ごすようにと言われているので、フローラは、領地に帰ると言うクリステルたちを見送って、ヒューゴの迎えで侯爵家へとやってきていた。

北部に領地をもつピアス子爵夫人は、夫と共に領地に戻っているため、この期間にレッスンはない。オベール夫人も同様に、領地に戻っているとのことだった。この時期、王都に残る貴族の方がまれである。

そのため、フローラがするのは、音楽室を借りて自主練習に励むことである。幸いなことに、ピアス子爵夫人とオベール夫人からは、山のように課題を出されている。

二人には、早いタイミングでイヴァーノと恋人になったことを話した。

ピアス子爵夫人には、満面の笑みで祝われたが、オベール夫人には、「これで、少しは色気が身に付きそうだね」と辛辣な言葉を貰った。ピアス子爵夫人も笑ってそれを否定しなかったということは、同じ意見だったのだろう。

それもあってか、二人から出された課題曲は、歌劇の一幕である恋の歌だ。

貧しい村娘が、貴族の青年と出会って恋に落ちる歌。音楽サロンで、マダム・リリアンが最初に歌った曲である有名な歌劇の冒頭の曲である。ただ素敵な男性と出会ったことを恋の予感だと喜ぶ歌だ。

偶然の出会いが嬉しくて、ちょっとした相手の仕草に胸をときめかせて、少しでも姿が見えないかと期待する。

フローラが、この歌劇を初めて観たのは、まだ第一学年の時分の芸術祭だ。当時の最終学年の演目がこの有名な歌劇で、ただ村娘役の歌唱力の素晴らしさに感動した記憶がある。それからも何度か授業で取り上げられたり、コンクールで聴いたりもした。

「……貴方の姿を見かけるだけで、どうしようもないほど胸が高鳴るの」

恋をすると、そういう状態になることはフローラも知っている。

地元の友人たちが、きゃあきゃあと思い人の前で騒ぐのも、幼馴染が初恋の人の前で顔を真っ赤に染めるのも間近で見てきたからだ。しかし、それはどこか実感のない感情だった。

クリステルが、学院長や教師が、恋愛を勧めるのはそういうことなのだろう。

歌劇と同じ恋をしているわけではない。

フローラは、イヴァーノの姿を見かけただけで胸は高鳴ったりしないし、笑顔に見惚《みと》れたりもしない。けれども、イヴァーノに優しくされれば嬉しくなるし、手を取られるだけで恥ずかしくなる。そんな気持ちを乗せて歌えば、フローラの歌に少しだけ色が乗る。

大事なことは、自分の気持ちを歌に乗せられるかだ。

経験していないことは、その気持ちが理解できない。頭で理解していることと、実際に自分が感じるのではこんなにも違うのだ。

ふわふわしたまだ形のない甘いそれ。

イヴァーノと共にいると、それがどんどん膨らんでいく。

まだ形のないフローラの恋。

「……貴方の姿を見かけるだけで、どうしようもないほど胸が高鳴るの」

フローラは、もう一度歌詞の一節を口ずさむ。今度は、歌声に甘さが乗る。それは、なんだか己の気持ちを代弁しているようで、フローラはなんだか気恥ずかしさを覚えた。

僅かに顔が赤い気さえする。

パタパタと気休め程度に顔を手で煽《あお》ぐ。そして周囲を何となく見回して、壁際に置かれた一人がけの重厚な椅子に視線を止めた。それは、イヴァーノの特等席。フローラの授業を見る時に座る場所。

今は当然ながら、イヴァーノの姿はない。しかし、すぐそこに座る彼の姿が優に想像できて、いないはずの人がそこにいるような錯覚さえ覚えた。

そっと近づいて布張りの肘掛けにそっと触れる。まるでイヴァーノに触れているような錯覚に陥って、フローラは恥ずかしさからその場にしゃがみこんで顔を覆った。

――貴方の姿を見かけるだけで、どうしようもないほど胸が高鳴るの――。

今ならば、村娘の気持ちがよくわかる。

「……やだ、恥ずかしくて歌えない」

フローラの呟きが、誰もいない音楽室に静かに消えた。


長期休暇に入ってから二週間、港町で仕事をしていたというイヴァーノが帰宅した。

玄関ホールで外套《がいとう》を脱いだイヴァーノを、フローラは使用人たちと共に出迎えた。

音楽室の窓からは、屋敷の門がちょうど見えるのだ。帰宅日をイヴァーノから手紙で知らされたフローラは、その窓からずっと見ていて、彼の馬車の姿を捉えて慌てて玄関ホールへと出てきたのであった。

「侯爵様、おかえりなさいませ」

イヴァーノが甘く微笑んで、フローラを抱き寄せる。

「侯爵様じゃないだろう?」

「う……ッ、イヴァーノ……様」

顔を赤く染めながらも言い直したフローラの頬に、イヴァーノが唇を落とした。

「ただいま、フローラ」

そして、頬を差し出されて、フローラもおずおずとそこに口づける。どうにもこうした恋人じみたやり取りには、いまだ慣れないフローラである。

「今日は、お土産があるよ。あちらに新しくできた菓子の店があるんだ」

「わぁ！　楽しみです」

菓子と聞いて、手を合わせて喜んだフローラに、イヴァーノが相好を崩す。年頃の少女らしく、フローラは甘い菓子に目がないのだ。それをわかっていて、イヴァーノもよく珍しい菓子を見つけてはお土産にしてくれる。

「サラ、これは後でお茶の時にでも出してほしい。こっちの包みは、使用人たちで分けるように」

「承知しました。わたくしたちにまで、ありがとうございます」

「君たちは、よくやってくれているからね。これからも頼むよ」

上機嫌でにっこりと笑みを浮かべたイヴァーノに、そばに控えていた使用人たちが一斉に頭を下げた。

「それで、わたしの可愛い恋人は、わたしが不在の間何をしていたのかな？」

外套と荷物をヒューゴに渡したイヴァーノが、フローラの背に手を添えて問いかける。

「先生から出された課題曲の練習をしていました」

「あぁ、恋の歌の一幕だったね」

そのまま促されて歩みを進めたフローラは、イヴァーノと共に談話室へと足を踏み入れた。一歩部屋に入れば、あの日の出来事が思い出されて、フローラは僅かに頬を染めて視線を彷徨わせた。

「フローラに歌劇の課題が出るのは珍しいね」

「……オベール先生が、こ……恋人ができたのなら……恋の歌も歌えるだろうと仰って」

「なるほどね、オベール夫人か」

恥ずかしさのあまり顔を伏せたフローラの髪を、イヴァーノの長い指がひと房掬《すく》い取《と》る。そして、そこにそっと口づけた。それだけで、フローラの体温が上がる。

「では、練習の成果を見せてもらわないとね」

「……」

赤い顔で固まったフローラに、イヴァーノが首を傾げる。しかし、その表情はどこか楽し気だ。

「フローラ？」

「……ちょっとまだ、自分で消化しきれていなくて」

暗にまだ聞かせられるレベルではないことを示唆すれば、おやとでも言うようにイヴァーノが片眉を上げて見せた。

「フローラにしては珍しいね」

消化しきれていないということは、納得がいっていないということだ。元々歌劇、それも恋愛をテーマにしたものは苦手としているフローラである。とはいえ、苦手としていると言っても、技量の良し悪《よ　あ》しというよりは、感情が乗らないということが問題と言われていた。

そして、それは本人も自覚しているからこそ、特にこだわりもなく歌っていたはずであった。

「……なんだか、落ち着かないんです」

「落ち着かない？」

コクリと頷いたフローラに、イヴァーノがふむと考える仕草をした。そして、彼女の手を引くと、フローラを長椅子に座らせて、己も隣に腰を下ろした。

「ひとまず、気負わずに軽く歌ってみたらどうだい？　深く考えずに、いつもの通り」

「……いつも通り？」

「そう、いつも通り」

イヴァーノににっこりと微笑まれて、それ以上否と言えるわけもなく、フローラは大人しく首肯した。

本来ならば、きちんと立って歌うべきであるが、ひとつ深呼吸をして課題曲の一節を歌う。

恋に落ちてその予感に打ち震える。

声を歌に乗せれば、自然とあのふわふわした気持ちが溢《あふ》れ出《だ》す。

室内に、フローラの甘い声が響く。それはとても柔らかで、繊細で、儚《はかな》げな歌。まだまだ粗削りで、形を成していないにもかかわらず、どこか惹かれる美しさがあった。

もちろんそれは、フローラの声の質もあるだろう。しかし、それは確かに娘の恋の歌であった。

気恥ずかしさを抱えてイヴァーノを見れば、彼がとろりと瞳を甘くさせてフローラを見下ろしていた。そっと顔を寄せたイヴァーノの唇とフローラのそれが重なり合う。

「わたしは、嫌いじゃないよ。フローラの恋の歌」

「……まだ、ぜんぜんです」

「そうだね、でも、まだこれからだよ」

イヴァーノがそう言って、瞳を細めて笑った。


翌朝、サラによって一張羅のワンピースに着替えさせられた後、フローラは、イヴァーノと共に侯爵家の馬車で駅へと向かった。

すでに切符が準備され、フローラは、イヴァーノにエスコートされて、一等車両へと足を踏み入れた。

一等車両は、一車両に四部屋の完全個室だ。ただし、通路でそれぞれの個室は繋がっており、他の客と顔を合わせる可能性はある。

部屋の中は控えの間とその奥の部屋とで二部屋になっており、奥の部屋には、向かい合わせに長椅子が並び、その真ん中にテーブルがあるだけのつくりだ。

「ところで、どこへ向かっているのですか？」

動き出した列車は、王都から南へと走っている。フローラは、イヴァーノからこの旅行の行き先を聞いていなかった。

「それはついてからのおたのしみかな」

「教えていただけないのですか？」

「フローラを驚かせたいからね。あちらでは、知人の別荘を借りているんだ。緑の多い綺麗な場所だというから、楽しみにしているといい」

にっこりと笑ったイヴァーノに、フローラはこくりと頷いた。

南へ向かっているということは、王都よりも暖かい地域なのだろう。冷たい風が吹くようになってきた王都よりも暖かいのであれば、過ごしやすいに違いなかった。

時折、サラが茶を淹れてくれたり、菓子を出してくれたりして、あっという間に一刻半が過ぎた。「ここで降りるよ」と言われた駅で、フローラはその瞳をまん丸に見開いた。

「アリアガステの駅……」

それは、フローラが、かつて一度だけ使った駅。地元からラポール国立音楽院を受験するために、列車に乗った駅である。

「さぁ、まずはお腹《なか》が空いただろう？　店を予約しているんだ」

そう言ったイヴァーノに連れていかれた店は、紛れもなくフローラの実家であった。そっと彼に背中を押されて、五年ぶりに実家の店の扉をくぐる。

「すみません、まだ開店前で……って……貴女、フローラ⁉」

女給の姿をした女性が、フローラの姿を見て大声を上げた。彼女は、兄の恋人で来年結婚式をあげることになっている婚約者だ。兄とフローラの幼馴染でもある。

「……アンナ、久しぶりね」

うっかりと涙腺が緩みそうになるのを押さえて、フローラは彼女にぎゅっと抱き着いた。

「ちょっと……やだ……なんでいきなり帰ってくるのよ！　連絡くらい寄越しなさいよ‼　しかも、なんだか都会のお嬢さんみたいな格好して……どこのお忍びのお嬢様よ」

「学校の友人が、一緒に選んでくれたのよ。わたしのとっておきのお気に入りよ！　パパとママからの誕生日プレゼントなんだから」

「すっごくよく似合ってる！　最初、誰だかわからなかったもの」

そう言って、二人顔を見合わせて笑った。

「フローラだって⁉」

厨房《ちゅうぼう》から兄が顔を出して、その瞳をまん丸に見開いた。

「かーさん！　フローラだ‼　フローラが帰ってきた‼」

兄の声に、母と父も厨房から顔を出した。

「フローラ‼」

「あなた、こんなにも大きくなって！」

フローラがこの家を出たのは、十二の歳。それから五年が経ち、彼女は既に十七で、もうすぐ十八の成人を迎えようとしていた。

手紙のやりとりは頻繁にしていたが、こうして顔を合わせるのは五年ぶりなのだ。

「しっかり、お嬢さんらしくなって……」

「これ、パパとママが送ってくれたお金で買ったのよ？　クリステルが、一緒に選んでくれたの」

「クリステルって……あぁ、男爵家のお嬢さんだね。うんうん。何度か、この店にご家族でいらして、フローラの話をしてくれたよ」

ひとしきり、感動の再開をした後、兄が不思議そうに首を傾げた。

「そういえばフローラ、お前どうやって帰ってきたんだ？」

彼らにとっては、至極当然な疑問である。王都からこのリーヴァの町まで鉄道が敷設されているとはいえ、その料金は決して安いものではない。

学生でしかないフローラに、当然ながら出せるはずもなかったからだ。

「あのね……みんなに、紹介したい人がいるの。その人が、連れてきてくださったのよ」

そう説明して、フローラは扉を振り返った。そこに立っていた身なりの立派な紳士に、一同は息を呑んだ。

「こちらのお店には何度かお邪魔させていただいておりますが、こうしてご挨拶させていただくのは初めてですね。今年から、ラポール国立音楽院の支援制度により、フローラさんの支援をさせていただいております、イヴァーノと申します」

余所《よそ》行《ゆ》きの表情で、丁寧にあいさつを述べたイヴァーノに、家族が一斉に頭を下げる。

「もしかして……半年前にお手紙をくださった、侯爵様ですか？」

母の言葉に、イヴァーノがさらに笑みを深めた。

フローラも、そんなことまでしてくれていたのかと、イヴァーノを振り返った。

「ええ、大事なお嬢さんを一年とはいえお預かりするのですから、離れている分心配も多いでしょう」

「娘から手紙をもらって聞いております。とても立派な先生をつけていただいたと……本来ならば、わたくしどもが娘にしなければいけないのにもかかわらず、ありがとうございます」

「いえいえ、これも趣味と実益を兼ねたことですからね。それほど、フローラさんの歌声が素晴らしいということですよ。このまま眠らせておくには、勿体ないと判断したまでです」

「まぁ！　ありがとうございます」

「順調に成績も伸びているようですし、先日も規模は小さくともコンクールで入賞まで果たしました。このまま彼女が努力すれば、歌姫として活躍することはできるようになるでしょうと教師たちも言っておりました」

イヴァーノの言葉に、フローラもその家族も瞠目した。

「イヴァーノ様……それって……」

「ん？　あぁ、オベール夫人がそう仰っていたよ。シエル大聖堂はまだ難しいかもしれないが……名のある教会や修道院なら喜んで迎え入れるのではないかとね」

「すごいじゃない！　フローラ!!」

幼馴染が、ぎゅっとフローラに抱き着く。フローラも驚きのあまり、ぱちくりと瞳を瞬かせた。

「教会や修道院の伝手ならば、わたしも教師たちもいくらでもあります。それは、学院側も同様でしょう。一定以上の成績と、実力が必要ですが……今の状態を維持できるのであれば、十分に許可されるレベルだと思っています」

家族が喜びの声を上げる中、フローラはぽかんとイヴァーノを見つめることしかできないでいた。あまりのことに、理解が追い付かなかったのだ。

「そうだ！　どうせなら、うちで食べて行ってください！」

兄が是非とでも言うようにそう言うと、イヴァーノがにっこりと笑ってみせた。

「ええ、そうさせていただきます。予約もしているのです」

イヴァーノと二人、父と兄の料理を堪能した。そうして、積もる話もあるだろうからと、イヴァーノは、フローラを一人残して今日宿泊するという宿に帰っていた。旅行の目的地には、明日の朝向かうらしい。

その日は、店を閉めてから家族水入らずで、楽しい時間を過ごした。何よりも五年ぶりの再会なのだ。

そうして、五年前と何も変わっていない自分の部屋で一晩を過ごした。


「イヴァーノ様、ありがとうございます」

深々と頭を下げたフローラに、イヴァーノが苦笑を漏らした。

「それほど喜んでもらえたのであれば、良かった。家族とは十分時間が取れた？」

「はい。父も母も兄も喜んでいました」

「そうか。それならば、良かった。フローラも頑張っているから、これくらいのご褒美がないと」

「……イヴァーノ様にこうして旅行に誘っていただけるだけで、十分にご褒美なのに……」

「また君は、そんな可愛いことを言って……」

イヴァーノが手を伸ばすと、フローラの髪をさらりと撫でた。

「ふふふっ、そういえば、今日はどこへ向かっているのですか？」

馬車は、リーヴァの町よりもさらに南に下っている。有名な保養地に向かっているのかと初めは思ったが、それよりもさらに南に来たところだ。

「この地域には、有名な湖があるだろう？」

「……女神湖のことですか？」

「地元の人は、そう呼ぶらしいね。アリアガステ湖というのが、正式名称かな」

古い言葉で女神のことをアリアガステと呼ぶらしい。それゆえに、地元民はみな、女神湖と彼の湖を呼んでいる。

「でも、あの一帯は……王家所有の場所で……」

湖とその周辺の森は、王家の所有となっていることは、この地に住むものであれば、誰でも知っていることだ。一部の期間を除いて、一般人には公開されていない。

その一部の期間というのが、ちょうど夏季に開催される祭りの時期だ。その時期には、湖に一斉に小舟を浮かべて、ランタンを飛ばし、讃美歌を歌うのだ。

一種の宗教行事である。

しかし、この祭りには、毎年必ずシエル大聖堂から歌姫が巡業にやってきて、多くの人がこの地に集まる時期でもある。

「うん。だから、王家の由縁の知人に、別荘を借りたんだ」

何でもないことのように言ったイヴァーノに、フローラは驚きに目を見開いた。

「お……王家由縁の……ちじん？」

「あぁ、フローラも会ったことがあるだろう？　ヒース公爵家のエリクだ。彼は第五王子だからね。この場所に、別荘を持っていても不思議ではないだろう？」

「……ヒース公爵様」

公爵家の夜会で挨拶をさせてもらった、濃茶色の髪の公爵閣下を思い出す。

「リーヴァの町のいい宿を聞いたら、貸してくれると言うのでね。借りることにしたよ」

あっけらかんとなんでもないことのように言うイヴァーノに、フローラは瞳を瞬かせるしかない。そんな彼女の様子に、彼が苦笑する。

「きっと、先日の夜会のレイチェル王女の件の詫びもあるのだろうね」

「そんな……」

たしかに、ドレスに葡萄酒をかけられ、暴言を吐かれたが、ただそれだけだ。危害を加えられたわけでもない上に、あの後すぐに公爵閣下からは謝罪をもらっている。

それに、あの時のレイチェル王女を含め、他の令嬢達にもそれなりの制裁があったと聞く。滅多に王都に出てこられないほどの辺境地へ嫁いだらしいとのことだった。事実上の王都出入り禁止である。

「まぁ、エリクも夏季しか使わない場所であるし、冬季は管理人しかいないらしいから気にすることはないそうだ」

「そうなんですか？」

それだけを聞けば、なんとも贅沢な話である。とはいえ、王家ともなれば滅多に使用しない別邸も数多く持っているものなのかもしれない。

「あぁ、だから使用人も料理人も今回は連れてきているんだ。彼らは一足先にあちらに行って準備をしているはずだ」

「……！」

道理で大所帯なはずである。

あまりの規模の違いに息を呑んだフローラに、当然だろうとばかりにイヴァーノがにこりと笑う。とはいえ、イヴァーノにとっては大した痛手のないことなのかもしれない。

「アリアガステが目の前だそうだ。楽しみにしているといいよ」

イヴァーノがそう言った通り、到着した別荘は素晴らしい場所であった。

目の前に湖を臨み、二階のテラスからは、湖とその奥に佇む王家の離宮までも見渡せる。

当然のように別荘内には音楽室があり、白いグランドピアノが置かれていた。

「素敵……」

フローラは、客間のテラスからその雄大な景色を見つめ、ほぅっと感嘆の息を漏らす。

「立派なものだな……」

この景色には、何か感じるものがあったのか、イヴァーノもじっとその景色を見つめていた。

「明日は、天気が良ければ、湖で小舟にでも乗るかい？」

イヴァーノの思わぬ提案に、フローラは瞠目した。

「乗れるのですか？」

湖に小舟を浮かべることができる。それは、この地に住む者の憧れだ。

「もちろん。あの桟橋のところに小舟があるだろう？　エリクは、使えると言っていたから問題ないだろう」

イヴァーノが、窓の外の桟橋を指さした。そこには、小舟が一艘《いっそう》繋がれている。その姿を捉えて、フローラはふふふと声を上げて笑った。

そんなフローラに、イヴァーノが怪訝な表情を浮かべた。

「実は、女神湖で小舟に乗るの、ちょっと憧れだったのです」

「憧れ？」

首を傾げたイヴァーノに、フローラはコクリと頷いた。

「はい。お祭りの時期に、小舟に乗れるのは大人だけですから」

幼いころに、家族と一度だけ祭りを見に来たことがある。その時に、夜空に浮かぶランタンの美しさと、楽し気に小舟に乗る大人たちの姿に憧れを抱いたものだ。

そして何よりも、湖の中央で、朗々と讃美歌を歌い上げる歌姫の姿にフローラは見惚れたのだ。

綺麗な景色と、美しい歌声。それは、今もフローラの中に息づいている。

「では、明日はせっかくだからフローラの湖上コンサートとしようか」

「へ？」

きょとんとイヴァーノを見上げたフローラに、イヴァーノがにやりと笑った。

「観客がわたしだけなのが申し訳ないが、舞台は十分だろう？」

湖で歌姫のように歌うことができる。それは、フローラにとっては願ってもない提案だ。

「……！　今から二十八番練習してきます」

湖で歌うということは、女神に捧げるということだ。それならば、練習をせずに臨むことなどできはしない。

讃美歌二十八番は、女神を讃《たた》える歌だ。祭りでも披露されるこの歌は、この場所に最適な選曲だろうと思う。善は急げとばかりに、フローラはイヴァーノの手から離れて身を翻す。

パタパタと足音をさせて音楽室へと走り去っていく小柄な背中を見つめて、イヴァーノは小さく笑った。


そして、その翌日、フローラはイヴァーノと共にアリアガステ湖へ小舟を浮かべた。

天気は、美しいほどの晴天。湖面に太陽の光がキラキラと輝いて美しく、風もほとんどないために、波もない。

時折上空を小鳥が可愛らしく鳴きながら飛んでいく。

危なげなく櫂《かい》を操るイヴァーノは、堂々としたものである。当然ながら、他の小舟は一艘もない。

湖の周辺には、ぽつぽつと屋敷が建つ。そのどれもが、王族由縁のものというのだから、驚きだ。ヒース公爵の別荘を背にすると、遠くの方に王家の離宮が見える。とはいえ、高い塀で囲われた離宮は、二階のテラスと屋根が辛うじて見えるくらいだ。

「このあたりが、中央だろうな」

イヴァーノが櫂を引き上げる。

真っ新な湖に、一艘の小舟。

今日は、あまり風がないとはいえ、それでも多少は揺れる。

「……立って歌うのは、無理そうですね」

舟底を見下ろしたフローラに、イヴァーノが小さく笑う。

「転覆したくなかったら、やめた方がいいだろうな」

「歌姫の方は、どうやってこんな場所で歌っているのでしょうか……」

フローラの記憶の中の歌姫は、危なげなく堂々と歌っていた。女神の加護でもあるからだろうかと、ついつい非現実的な思考にならざるを得ない。

そんなフローラの発言に、イヴァーノが小さく苦笑した。

「祭りのときは、櫓《やぐら》が組まれるらしい。彼女たちが舟に乗るのは、その櫓までだそうだ」

当然と言えば当然の現実に、フローラは自分の思考に気恥ずかしく思いながらも納得する。とはいえ、湖の中に櫓を組むというのだから、スケールが違う。

「そういうことだったのですね」

櫓の上ならば、立って歌うこともやぶさかではないだろう。安定しなければ、声もまた安定しない。

試しに座った状態で声を出して見れば、不思議と湖面を滑るように声が響いていく。

「……ふしぎ」

「これが、アリアガステ……女神の湖と呼ばれる所以《ゆえん》なのだろうな。理屈はよくわからないが、女神に愛された湖だということだろう。そうでなければ、こんな広い場所で歌姫といえども声が届くはずがない」

フローラが、少しだけ手を湖に浸すと、ひんやりと冷たい水温を感じる。

そのまま瞳を閉じて、フローラは大きく息を吸った。

彼女の声は、朗々と湖面に響き渡る。透明感がありながらも、高音と低音がしっかりと安定した伸びやかな声。

嘆く乙女を慰める、心優しい湖の精霊がそこにいる。

この半年で、フローラの技術力は格段に上がった。ピアス子爵夫人の的確で地味な練習も、オベール夫人の要点を押さえた表現力も、効果があったのだろう。

そして何よりも、少しずつ結果が付いてきたことによって、フローラ自身が楽しそうに歌っている。

イヴァーノも、瞳を閉じてフローラの声に耳を澄ませる。時折聞こえる水音も、小鳥の囀《さえず》りも、そして風の音でさえこの舞台を一緒になって作り上げる。

とても神秘的な空間だった。

「素晴らしいよ、フローラ。またさらに上手になったね」

「ありがとうございます。この場所で、湖の精霊の独唱がしてみたくなってしまって……」

フローラが、少しだけ照れくさそうにそう言った。

「次は、讃美歌二十八番でもいいですか？」

「もちろん。存分に女神を讃えてくれ」

こくりと頷いたフローラが、大きく息を吸って、今度は神秘的な歌を響かせる。

女神を讃える歌。女神に捧げる歌。

これほど、この場所が似合う歌もない。

フローラの声は、どこまでも透明感を持って美しく響き渡る。

不思議なほどの静寂。小鳥の囀りも、小さな水音ですら聞こえない。まるで、この湖のすべてが、フローラの歌を聴いているようであった。

フローラがしっかりと歌い上げると、先ほどまでの静寂が嘘《うそ》のように戻ってくる。ひゅうっとひと際強い風が吹いて、フローラの髪を巻き上げた。

「少し風が出てきたかな」

空を見上げてみるが、相変わらずの晴天で、不思議と雲一つない。

「そろそろ戻ろうか。いつまでもここにいては、体が冷えてしまうかもしれないからね」

イヴァーノが再び櫂を下ろして舟を漕《こ》ぐ。

舟が桟橋に着いた頃には、不思議と風は止《や》んでいた。

別荘に戻れば、サラが温かいお茶を準備してくれていた。庭に面したサンルームで、イヴァーノとお茶を飲む。

至る所に観葉植物が配置され、さながら温室のような様相のサンルームである。

「不思議なところですねぇ」

先ほどの風などなかったように、庭の木々はそよぐこともない。では、あの風は一体なんであったのか。

フローラの生家からそれなりに近い場所にあるにもかかわらず、彼女はこの場所のことをよく知らない。おそらく、大半の住人はそうなのではないだろうか。

「……あまりわたしの歌が、お気に召さなかったのでしょうか？」

僅かに眉間に皺を寄せて考え込んだフローラの頭を、イヴァーノが軽く撫でた。

「そんなわけがないだろう？　二十八番も、素晴らしい出来だったよ」

「……そうでしょうか？」

「もちろん」

イヴァーノが頷くと同時に、風ががたりと窓ガラスを揺らした。そんな一種異様な光景に、二人で顔を見合わせて笑う。

「では、女神様にも同意いただいたと、勝手に思っておきます」

真実なんてわからないから前向きに考える。そうすれば、幸せだ。

「それがいい。でも、そこまで女神に気に入っていただけるのであれば、シエル大聖堂の歌姫も夢ではないかもしれないな」

イヴァーノが、悪戯っぽくそう言った。とはいえ、大きく出た彼の発言に、とんでもないとフローラは首を振る。

「またまた、ご冗談を。そこまで自惚《うぬぼ》れてはいません。イヴァーノ様だって、難しいと両親に仰ったではありませんか」

実家の食堂での発言を指摘すれば、イヴァーノが苦笑しつつも頷いた。

「まぁ、現状だと……そうだね」

フローラよりも歌が上手い学生は、ずっと多い。その全てがシエル大聖堂の歌姫を目指さなかったとしても、それでも厳しいことに間違いはない。

「でも、わたしはフローラの歌が好きだよ」

「……声ではなく？」

「それは、言うまでもないだろう」

そう言って、イヴァーノがフローラの額に唇を落とした。

「わたしは、今すごく充実しているよ。可愛い恋人が、わたし好みの声で美しく囀ってくれるのだから。これほど支援者になることが、素晴らしいことだとは思わなかった」

「……来年度は、また新しい学生を支援されるのですか？」

同じ学生としては、後輩の子たちに機会が与えられることを喜ぶべきだとわかっている。それでも、彼がこうして甲斐甲斐《かいがい》しくその子の世話を焼き、親しくするのを黙って見ていられるだろうか……。

「どうした？　もしかしてまだ見ぬ相手に妬《や》いているのか？」

「……イヴァーノ様は、いじわるです」

少しだけ口をとがらせてむくれたフローラに、イヴァーノが破顔する。

「わたしの恋人は、可愛らしいな」

イヴァーノは、フローラを抱き寄せると、その頰に、瞼に、こめかみにと唇を落とす。

「当分、支援するのは君だけで十分だ」

「でも……」

「可愛い恋人を悲しませてまで、支援はするものではないよ」

本当にそれでもいいだろうかと、フローラは自問自答する。イヴァーノが、フローラを支援してくれたからこそ、フローラは知らない世界を知った。交流も増えた。知識や技術も見つけることができている。

それを、フローラの我儘でまだ見ぬ後輩への同じ支援を止めてしまってもいいのだろうか……。

「フローラ、勘違いしてはいけないよ。わたしは、君の声に惚れこんで支援者に名乗りを上げたんだ。君を支援していることは、義務でもなんでもない。ただの個人の趣味だからね」

「趣味？」

「あぁ、言っただろう？　自分好みの歌姫を育ててみたかったと。だから、それが今叶っている間は、他に支援する学生など必要ない。慈善活動であるならば、学院にその分寄付を上乗せすればいいだけだからね」

フローラは、ぎゅっとイヴァーノの腰に抱き着いて、顔を埋める。

「わたし……どんどん贅沢になるんです。初めは、イヴァーノ様が支援してくださるだけで有難くて……そして、イヴァーノ様に優しくされるたびに舞い上がって、貴方の恋人にと言われた時は、本当に嬉しかった」

「……それは、光栄だな」

「……これ以上、欲しがっちゃいけないのに」

「いけないのかい？」

「……いけないんです」

多くを望めば、いずれ離れられなくなってしまうから……とは、口にすることができなかった。

「フローラが欲しいものなら、なんでも揃えてあげるのに。生憎《あいにく》と、金は有り余っている」

酷くまじめな表情でそう言ったイヴァーノに、フローラは顔を埋めたまま笑った。

「イヴァーノ様は、わたしを甘やかしすぎです」

「そうかな？　可愛い恋人が喜んでくれるなら、大したことないと思うけど」

フローラの髪を撫でてくれる手つきが優しくして嬉しい。

「今のままで十分幸せです。これ以上何かを望んだら、罰が当たっちゃいそうなくらい……」

「フローラは、欲がないな」

「そんなことないです。できることなら、イヴァーノ様を独り占めしたいって思っているくらい、欲深いんです」

「……またそんな可愛いことを」

くいっとフローラの顔を上げさせたイヴァーノが、唇を寄せた。

ちゅっと濡れた音をさせて、唇を吸われる。うっとりとイヴァーノの顔を見つめると、彼が困ったと言わんばかりに眉を下げた。

「そんな顔で見つめられたら、我慢できなくなる」

「……ここで？」

観葉植物に囲まれているとはいえ、ここは自室ではない。大きな窓もある上に、いつ誰が入ってくるかわからないような場所だ。

「当分誰も近づかないように言ってあるよ」

こくりと頷いてイヴァーノの首に腕を回す。深く唇を合わせた後に、そのまま長椅子に押し倒された。くつろげるようにか、フローラ一人寝ころぶには十分な広さである。

イヴァーノが、ちゅっと唇を吸いながら、衣服の上から胸のふくらみに触れる。そのまくるくると円を描くように刺激されれば、幾度と馴らされた体が早々に白旗を振る。

「あ……あ……んッ」

「あぁ……かわいいよ、フローラ」

ボタンがゆっくりと外されて、その眼前に下着が晒される。下着をぐっと押し上げたイヴァーノが、自己主張してぷっくりと立ち上がるその先端をべろりと舐めた。

それだけで、腰から背中にかけて何かが這《は》い上《あ》がる。

「ひぃうッ」

息を呑んだフローラを宥めるように、今度はちゅっと乳房に口づける。イヴァーノの手に包まれたそれが、ぐにゅりと姿を変えた。

大きく開いた口が、それをぱくりと先端ごと口に含む。温かな口内に迎え入れられたそれは、舌で舐《ねぶ》られ、吸い上げられ軽く甘噛みされる。

「あ……あ……あぁッ」

その間にも、イヴァーノは反対の手をフローラの下肢に伸ばし、下着の中に手をそっと差し入れる。

「やぁぁん……ッ」

ちゅぷりとぬかるんだその場所に指を差し入れれば、フローラの背がしなる。

イヴァーノの指に絡みつく蜜と襞《ひだ》。その場所は、ぬぷぬぷと厭らしい音を立てて蜜を滴らせる。ひと際指を奥まで差し入れて、フローラのいい場所を探る。

「あぁ……ッ、やぁ……ッあぁぁッ」

溢《あふ》れた蜜を塗り付けて、秘められた場所の上部にある花芽を弄ると、弾かれたようにフローラが腰を揺らした。

何度も卑猥《ひわい》な音を響かせて指を抜き差ししつつ、花芽を優しく時には激しく刺激する。

「あッ、あッ、あッ……そこ、いっしょにされるの……やだぁッ」

いやいやと首を振って迫りくる快感から少しでも逃れようとするフローラを上体で軽く押さえつけて、乳首を舌で弄り、同時に隘路《あいろ》と花芽も指を滑らせる。指がフローラのいい場所を掠《かす》めると、わかりやすく彼女が体をびくつかせた。

「あッ……あぁッ、あぁぁぁんッ‼」

軽く達したのか、フローラが背をのけぞらせる。それを確認して、彼女の乳房から口を離し、隘路から指を引き抜くと、下着を取り去って、軽く放心状態の彼女の大腿を左右に開いた。拒まれることなく開いたその場所は、フローラの溢《こぼ》した蜜で淫靡に光っていた。

イヴァーノは、躊躇《ためら》うことなくその場所に口をつける。

こぼれた蜜を舐め上げて啜《すす》り、隘路の中へと舌を差し入れる。

「いやぁぁぁぁッ！　あぁぁぁんッ、ダメッ……そんなところ……ッ」

足を閉じようとするフローラを押しとどめて、イヴァーノはその場所を執拗《しつよう》に舌で愛撫《あいぶ》する。達したばかりの体は敏感で、すぐにフローラは悩まし気な声を上げ始めた。

小さな花芽を舌で弄り、口内に含むと吸い上げる。軽くその場所に歯を立てれば、フローラが、体をしならせた。

「んんんッ……あぁぁッ‼」

どっと更なる蜜を溢した場所をしっかりと舐め上げた。

そして、くったりと力なく長椅子に身を沈めたフローラをひと撫ですると、己の主張し続ける剛直を取り出した。

天高くそびえるそれは、早くフローラとひとつになりたいと涎《よだれ》を垂らす。

人払いはしているとはいえ何か間違いがあってはいけないと、念のためフローラを長椅子にうつ伏せに寝かせると、腰を少しだけ上げさせてその濡れた場所に剛直を差し入れた。

ぬかるんだその場所は、待ち構えていたように受け入れる。

「あぁぁぁん」

背を反らし、顔を上げたフローラの顎を捉えて、唇を合わせせる。舌をすり合わせて、時折ちゅっとその小さな舌を吸い上げると同時に、最奥へと剛直を突き立てて、奥にぐりぐりと押し付ける。

「ん……ん……ッ」

そのまま、隙間がないくらい体を密着させて、離れないように手を握る。ゆっくりと抜き差しすれば、フローラが体を震わせて喘《あえ》いだ。

「フローラ、気持ちいい？」

「ん……、きもちぃぃです……あッ……んッ……」

「ふふ、可愛いね。もっと気持ちよくなっていいよ」

「ん……ッ、あ……ッ、……ぁん」

奥に入れたまま、くるくると腰を回せば、よりいいところに当たるのか、フローラがクッションに顔を押し付けた。それと同時に、中がぎゅっと締まる。

重点的にフローラのいい場所を目がけて抜き差しすれば、フローラが耐えるようにぎゅっと手を握った。

かぷりと耳朶を甘噛みして、中へと舌を差し入れる。濡れた音を直接送り込み、抽送を早くす。下肢のぶつかる音が、サンルームに響く。

「あッ……あッ……あッ……」

イヴァーノも限界が近い。

ぎゅっとフローラの手を握って、彼女の奥へと剛直を突き立てる。

ひと際強く押し込むと同時に、イヴァーノは彼女の中で果てた。

「あぁぁぁぁぁん……ッ」

それは、フローラも同じだったのか、体を震わせて下肢をイヴァーノに押し付けた。

そのまま気を失うようにして眠ってしまったフローラの体を綺麗に整えると、あらかじめ準備してあったブランケットをそっとかけてやる。

どこかあどけない表情で眠るフローラの姿に、イヴァーノは僅かに口の端を上げた。

可愛い恋人。

初めはその声に惹かれただけだったが、付き合ってみればその彼女の魅力にどんどん嵌《はま》りこんだ自覚がある。

初めはほんの戯れだった。

多額の寄付をしているラポール国立音楽院から、毎年芸術祭の招待状が届く。例年であれば、仕事を理由に断るのだが、今年は友人であるエリクからその後に食事でもと誘われて参加を決めた。

エリクの妻は、このラポール国立音楽院出身で、音楽院の活動に力を入れている。そのため、こうして夫婦してイヴァーノを音楽院の活動へ参加させようとするのである。

イヴァーノの寄付は、ラポール国立音楽院にとってなくてはならないものだ。数多から寄付が集まる音楽院であっても、芸術活動にはどうしても金がかかるのだ。

優秀な教師に最新の音楽設備。それが、国内最高峰と言われる音楽院にとってなくてはならないものであった。

そうして半ば苦笑交じりに参加した芸術祭で、イヴァーノは彼女を見つけた。

第五学年の演目『天の采配』。

翌年に最終学年を迎えようとしている学生たちの歌唱力や演技力は、さすがのものと言えた。主人公の乙女役の少女は、元国立歌劇場の歌姫の血を継いでいると言われて納得できるほどの実力で、来年が楽しみだと思えるものだった。

その他の配役に違和感もなく、コーラスも安定している。これは、わざわざ足を運んだ甲斐《かい》があったなと思ったところで、彼女が現れた。


湖の精霊。


傷ついた乙女を慰める慈愛の精霊。

この演目の中では、物語の中心的な役柄でありながら、独唱が短いことから端役と言われることも多い役柄だ。

それが、フローラとの初めての出会いだった。

透明感のある声と圧倒的な存在感。こんな逸材が、こんなところに隠れていたのかと体が興奮で震えたほどだ。確かに、歌唱力や技量は、他の学生と比べると見劣りする。しかし、その声は素晴らしかった。技量が上がればもっと素晴らしくなるだろうと、将来を期待するほどに……。

彼女について調べてみれば、保養地として有名な地方都市出身で、実家が特別裕福というわけでもないごく普通の少女。

それならば、音楽教育はラポール国立音楽院が全てなのだろうと思い至る。同じ音楽院に在籍していても、実家が裕福な家柄であればその助力を得て個別で教師をつける学生が多い。つまり、彼女と他の学生の差はそこが大きいのだ。

同じように金をかければ、彼の少女は今以上に化ける可能性がある。

見てみたいと思ったのだ。

あの美しい声で素晴らしい歌唱力を身に着けた彼女の姿を。

そこからのイヴァーノの行動は早かった。早急にラポール国立音楽院の学院長に連絡を取り、次年度の彼女の支援者に名乗りを上げた。

イヴァーノは、富豪と呼ばれるほどの富を手に入れた。金を手に入れる前までは、多くの人がイヴァーノに見向きもしなかった。

没落した侯爵家の人間と蔑み、見下されてきた。

そんな彼のもとに金が集まり始めると同時に、金にたかるようにあらゆる人がイヴァーノのもとに群がるようになった。

彼を時の人と持てはやし、少しでも彼から金を引き出そうとする。

支援してほしいという芸術家もごまんといる。声楽家、演奏家、画家、彫刻家……その数は数えきれないほどだ。

今まで彼を視界の端にも入れなかった令嬢達が群がり、イヴァーノの妻の座を求めようとする。

それを嬉しいと思うどころか、くだらないとさえ思った。


父を騙し、家に多額の借金を負わせたもの。

多額の借金に蜘蛛《くも》の子を散らすように縁を切った親族たち。

貧乏生活に嫌気がさして家を出た母。

何も努力することなく、人生を諦め死に逃げた父。

没落貴族だと見下した学友。


人間の裏という裏を幼少期からずっと見続けてきたことで、人間という生き物に何も期待しなくなった。そんな彼らが急に手のひらを返したとて、何の感動もない。

だからこそ、イヴァーノは、決して個人を支援しなかった。

どんなに乞われても、全て断ってきた。

支援という繋がりが個人的にできれば、彼らはその先を期待する。

そんなイヴァーノが、フローラを支援する気になったは、彼女が貴族令嬢でも裕福な家の娘でもない苦学生だったからだ。

芸術というものは、えてして金がかかるものだ。

高等教育を受けるには、それなりの金が必要だ。だからこそ、どこの学校の生徒を見ても、実家にそれなりに裕福な家の子供が多い。

そんな中で、惹きつけられる自分好みの声の主が、実家の支援を受けられないがために伸び悩んでいた。であれば、イヴァーノが、彼女の実家の代わりに金を払ってやればいいのではないかと思ったのだ。

幸か不幸か、イヴァーノは余るほど金はある。

その資産を多少学生の音楽教育に支払ったとて、痛む懐もない。

そして何よりも、田舎の食堂の娘である彼女であれば、彼との接点は何もない。彼女からの要望が強くなり、イヴァーノが辟易するようであれば、学生中は支援者として金だけ払っておけばいいかと思ったのだ。

それで、彼女に技術力が付き、歌姫まで上り詰めたとしたら、自分好みの歌声を持つ歌姫が誕生し、イヴァーノの耳を楽しませてくれるだろう。たとえ、彼女が歌姫になれなかったとしても、なんら痛手はイヴァーノにはない。

だからこそ、学院長に支援の申し出をした時、イヴァーノは彼女と親しくするつもりはなかった。音楽院を通じたただの慈善事業の態で、金だけ払うつもりだったのだ。

それが、支援者になるにあたって、一度話がしたいと言われ、彼女と過ごした時間が殊の外楽しかったのだ。それは、気まぐれに誘った国立歌劇場の歌姫試験の時も同様だった。

知らない世界に、一々驚きの表情を見せる素直さ。つんと澄まして、こちらに媚《こ》びる視線を向ける貴族令嬢とは違う。かといって、音楽院でしっかりと教育されているのか、礼儀作法はきちんとしており、連れて歩いても恥を欠かされることもない。

今までに出会ったことのない女性像に、ただただ驚かされると共に、いろいろと知らない世界を見せてあげたくなる。

そう、単純に可愛いのだ。

存在そのものが可愛い。

顔の造作だけで言えば、彼女よりももっと可愛い、綺麗だといわれる女性は数多くいるだろう。ただそうではなく、彼女の見せる表情も、反応も何もかもが可愛い。

庇護《ひご》して、好きに飾り立てて、いろいろな彼女の知らない世界を見せてあげたい。できることなら、一緒に経験したい。

とても不思議な感覚だった。

イヴァーノは、身を整えるとベルを鳴らす。

しばらくして、控えめなノックの音をさせて、ヒューゴがやってきた。

「茶の準備を」

「承知しました。フローラ様は、おやすみですか」

長椅子で眠りにつくフローラの姿を捉えて、ヒューゴがその瞳を細めた。

「無理をさせたからな」

悪びれることなくしれっとそう宣《のたま》ったイヴァーノに、ヒューゴが苦笑を漏らす。

「ほどほどになさいませんと、嫌われてしまいますよ」

「それは、困るな。わたしは、フローラを妻にするつもりなのだが」

はっきりとそう言い切った主人に、ヒューゴはその瞳を僅かに見開いた。こうして、彼がフローラの進退について明言するのは初めてだ。

「早いと思うか？」

「いいえ」

その問いかけに、ヒューゴは首を振った。一般的には早すぎると言えるのだろうが、ヒューゴはイヴァーノの直観を疑ったことはない。彼が良いと言えば、必ずうまくいく。そうして、侯爵家は成功してきたことをヒューゴは知っている。

「フローラが、シエル大聖堂とは言わないが……どこかそれなりの教会や聖堂で歌えるようになるといいのだが」

大きな教会や聖堂は、歌姫たちの待遇もいい。歌だけに集中できる環境であるならば、彼女にとって最適であろう。

それに、歌姫から侯爵夫人となるのは、自然な流れだ。イヴァーノは気にしないが、口さがないものはそれを引き合いにして攻撃することは目に見えていた。

「港の町の教会に支援しますか？　侯爵領でもいいですが……あちらは気候が厳しい上に、旦那様は滅多に帰られませんから」

有力貴族の令嬢は、音楽院を卒業後に自領の教会の歌姫になるという選択は少なくない。

「……そうだな、考えておこう」

幸か不幸か、今のイヴァーノには金がある。これは全て、侯爵家の資産というよりも、イヴァーノの個人資産だ。

嫌味《いやみ》な言い方かもしれないが、大抵のことは金で解決できると、イヴァーノは思っている。

彼が多くの資産を手に入れたと同時に、周囲の人間が手のひらを返したことが、全て証明していた。

イヴァーノは、眠るフローラの亜麻色の髪に触れる。イヴァーノの中には、彼の小鳥を手放すつもりなど毛頭なかった。

4．歌姫のたまご、現実を知る

冬の休暇が終わり、ラポール国立音楽院も賑わいを取り戻す。冬の休暇が終われば、次にやってくるのは歌姫試験の学内選抜だ。ラポール国立音楽院として、どの生徒に受験資格を与えるのか、特に御三家については学院内でも様々な憶測が飛び交う。

それに加えて、今年最後の学院主催のコンクールが間近であることもあって、最終学年の生徒達は落ち着かない日々を過ごしている。

学内選抜は、当然ながら過去の成績も考慮されるが、このコンクールの結果が重きを置かれると実しやかに言われている。学院側としても、どれほど過去歌が優れていても、歌姫試験に合格できないのでは意味を成さないためだ。

「おやまぁ、想像通りの課題曲が出てきたねぇ」

オベール夫人が、どこか感嘆するように呟いた。それに、ピアス子爵夫人も満面の笑みで頷いた。

「第五学年の芸術祭で『天の采配』が演目に選ばれているとのことで、他のものが課題曲になるとは思っていましたが、先生の予想通りでしたわね」

「まぁ、長いことあの場所にいると、大体想像がつくってもんだね」

そう言って、オベール夫人はふんっと鼻を鳴らした。

音楽院主催のコンクールの題目は、有名歌劇『アデライド』の一幕だ。冬期休暇中の課題曲になっていた件の恋の歌である。

コンクールで歌うのは、全部で二曲。一曲は指定の課題曲で、もう一曲は自由に選択ができる。フローラとしては、歌劇からの選曲でないことを祈っていたが、残念ながらそうはならなかった。

「自由選択については、讃美歌から一曲選ぶとして……当面は、『アデライド』の練習に集中した方がよさそうですね」

「まぁ、讃美歌は、二十八番だろうね」

あっさりと言い切ったオベール夫人に、フローラはきょとりと瞳を瞬かせた。

「二十八番ですか？」

讃美歌二十八番は、女神を讃える歌。一般的で馴染み深い歌である。

「あんた、アリアガステで二十八番歌ってきたんだろう？」

「先生、どうしてそれを……」

「そりゃあ、侯爵から聞いたからね。あんたの二十八番は出来がいい。縁起を担ぐためにも、無難な選択だよ」

「はぁ」

曖昧な返事をしたフローラに、オベール夫人が眦《まなじり》を釣り上げた。

「なんだいその返事は！」

「いや……先生の口から縁起を担ぐなんて言葉が出てくると思わなくて……」

フローラの中で、オベール夫人は現実主義者だ。あまり信心深いイメージもない。

「何を言っているんだい！　わたしゃこれでもアリアガステで歌姫を務めたことがあるんだよ‼」

「え⁉　先生、シエル大聖堂の歌姫だったんですか！」

驚きの声をあげたフローラに、ピアス子爵夫人がクスクスと笑った。

「あら、フローラさん。ご存じなかったの？　オベール先生は、二年連続でアリアガステの祭りに参加されているのよ。当時の国王陛下が、どうしてももう一度聞きたいからと無理を言ったのでしたわね？」

「ええ！　すごい‼」

「その縁で、シエル大聖堂の歌姫を退任した後は長年、王都の大聖堂で聖歌隊長を務められましたわね」

「……！」

王城に併設された聖堂は、王族の結婚式や洗礼式で使用される由緒ある聖堂である。その聖歌隊は一般公募ではなく、歴代指名された特別な歌姫がなる。

「そんな大したことじゃないよ。結局は、嫉《そね》まれてこんな声になっちまったんだから」

「喉を焼く劇薬でしたわね」

オベール夫人の声は、声楽家という声をしていない。どこかざらついた声質をしている。年齢を重ねた故のことかと思っていたが、そんな事情があったということをフローラは初めて知った。

「親しくしていた聖歌隊のメンバーの一人が、茶の中に仕込んだんだよ。それで喉が焼けて声が出なくなった」

「そんな……ひどい……ッ」

歌姫にとって、声は命綱だ。声が出なくなることは、歌姫としての終わりを意味する。

「当時の信奉者の一人が好きだったんだとさ。それで羨ましくて、薬を盛ったらしい。まったく難儀なことだね」

「あら、でもこれ幸いとその信奉者の方は、先生のことを囲い込まれたんですよね？　世紀の大恋愛だと噂になったと聞いていますわ」

「ほんと、仕出かした本人にしたらざまぁないね。ある意味、あれはいい仕返しだった」

呵々と笑ったオベール夫人に、その信奉者が亡きオベール前伯爵であるとピアス子爵夫人が教えてくれた。

「兎《と》に角《かく》、喉を傷める薬はいくらでもある。歌姫を目指すのであれば、あんたも十分に注意するんだね。特にあの侯爵が傍にいるせいで、あんたは良くも悪くも注目の的だ。それで、一生を棒に振ることになるよ」

そう言って、当時を思い出したのかオベール夫人は苦く笑った。


その日からフローラは、ずっとあの一節を歌っている。

――貴方の姿を見かけるだけで、どうしようもないほど胸が高鳴るの――。


まずは歌ってみろと言われて歌ったフローラの『アデライド』は、意外と高評価だった。とは言っても、その前が酷かったとも言える。

「前半は恋の歌。後半は、嫉妬に狂った女の執念の歌だ」

オベール夫人が、歌劇『アデライド』の独唱をそう説明する。

貧しい村娘のアデライドは、病気の療養にその地を偶然訪れた貴族の青年と出会って恋に落ちる。二人は思いを通わせる。ここまでが前半の恋の歌。

しかし、彼の病気が完治したころ、彼の幼馴染の貴族の女性が彼を迎えに来る。そして、身分差と叶わない恋を指摘されるのだ。幼馴染への嫉妬心を募らせて、アデライドがだんだん追い詰められていくところが後半の嫉妬に狂った女の執念の歌ということだろう。

「オレリア・ピアス、あんたちょっと歌ってみな」

オベール夫人が、ピアス子爵夫人にそう指示を出す。子爵夫人の在学中の学院長がオベール夫人であったということで、この二人にもどこか師弟の空気が感じられる。

「わたくしも、あまり歌劇は得意ではないのですけれどね……」

そう言って苦笑しつつも、ピアス子爵夫人は朗々と『アデライド』を歌い上げた。フローラと同じ歌を歌っているはずなのに、それは全く違って聞こえる。

「すごい……」

思わずぽつりと零《こぼ》したフローラに、ピアス子爵夫人が肩を竦めてみせた。

「フローラ、あんたあの低俗な音楽サロンに呼ばれたシルビアーノ歌劇団の女優を覚えているかい？」

「……マダム・リリアンのことですか？」

オベール伯爵家で、伯爵夫人が主催している音楽サロン。オベール夫人に教師を引き受けてもらうことになった件のサロンに呼ばれていた女優である。

「あぁ、そんな名前だったね。あれが、同じ歌を歌っていただろう」

そう問われて、フローラは覚えていると頷いた。さすがは有名歌劇団の看板女優なだけあって、その歌声は素晴らしいものであった。ただ、ピアス子爵夫人が歌った『アデライド』の独唱よりももっと怨念が深い印象があった。

そう答えれば、オベール夫人が呵々と笑った。

「それは表現の違いだろうさ。女優が変われば演じ方も歌い方も変わる。それぞれの中でイメージしているアデライドが異なるからね」

「イメージしているアデライド……」

「役柄を演じるということは、結局はすべて己の経験に基づくんだよ。考えても見てごらん、オレリア・ピアスよりもあの女優の方がドロドロした恋愛を経験してそうじゃないか」

そう言って笑うオベール夫人に、ピアス子爵夫人が「いくつか過去にスキャンダルがありましたわね」なんて軽口をたたいた。

「コンクールの採点なんて、技術と表現力を見ているだけだ。芸術なんて言うのは、そんな風にしか測れないからね」

「技術と表現力……」

「表現力なんてものは、己のイメージを表すことだ。そのイメージに明確な指定はない」

そう言い切って、オベール夫人はフローラをじっと見つめた。

「あの音楽サロンでの『天の采配』の乙女役、あんた何をイメージして歌った？」

「友人の演じた乙女をイメージしました」

フローラの中での『天の采配』の乙女は、クリステルだ。だからこそ、あの時はクリステルを意識して歌ったのだ。

「そんな他人の猿真似《さるまね》したって駄目だろうに」

「猿真似って……」

オベール夫人の辛辣な一言に、フローラは眉を下げた。

「いいかい？　歌詞をそのまま歌うだけじゃだめなんだよ。その歌詞に込められた思いが表現できなければ、歌劇にはならない」

「歌詞に込められた思い……」

「あんた嫉妬したことあるかい？」

唐突な質問に、フローラはその意味を考えて首を傾げた。

「……もしかして、ないって言うんじゃないだろうね」

「それは、恋愛的な意味でですよね」

「当たり前だろう、これは恋の歌なんだから」

オベール夫人が、顔を顰めて呆れたように言った。

嫉妬と言われて、どうだろうかとフローラは頭を悩ませる。王女殿下には、そもそも嫉妬という感情は覚えなかった。ただただ、圧倒された記憶しかない。

「何かないのかい？　侯爵が女性と一緒にいる姿にもやっとすることとか、少しくらいあるだろう」

イヴァーノは、どんな夜会に出てもあまり女性と親しくしない。適切な距離を意図的にとっているようにフローラには見える。

彼に好意があるであろう女性が寄ってきても、さり気なくあしらってしまうのだ。だからこそ、それらの女性からフローラに敵意を向けられるのであるが、そんな状態であるから女性たちに対してフローラが何かを思うということはなかった。

ほかに何かあったかと考えて、フローラはふと思い至った。

「侯爵様が、来年度から他の学生を支援すると聞いて、少し嫌な気分になりました」

「あら？　侯爵様、来年度も支援制度を活用されるの？」

初耳だと問いかけたピアス子爵夫人に、フローラは頭を振った。

「いいえ、結局は誤解だったのですけれど、そういう話に先日なりまして……」

「それでまだ見ぬ後輩に嫉妬したというわけか……随分と可愛らしい嫉妬心だこと」

どこか呆れたような表情で、オベール夫人が、瞳を細めてフローラを見た。

「まぁ、ないよりはマシだろう。その時の気持ちを思い出しながら、後半ちょっと歌ってみな」

言われた通りに、後半の独唱を歌えば、オベール夫人が片眉を上げて見せた。

「ちょっとはマシになったね」

ピアス子爵夫人も同じ感想だったようで、笑顔のまま頷いてみせる。

「いいかい？　もう少しその感情を突き詰めて考えてごらん。それを歌に乗せるんだよ」

そう言われて、フローラはコクリと頷いた。

「まぁ、あんたが侯爵と恋人になると聞いたときは少しばかり心配したが……存外に上手くいってそうで安心したよ」

にやりと笑ったオベール夫人にそう言われて、フローラは恥ずかしさから頬を染めた。

◇◇◇

少しずつ王都に人々が戻り始めるころ、王宮で舞踏会が開かれた。

王妃の誕生日を祝う夜会である。

招待状は、全ての貴族や有力者に送付され、毎年大々的に開催されているらしい。とはいえ、季節的なものもあり、雪深い地域に領地を持つものは、代理を立てるか、贈り物をして参加しないものも少なくない。

とはいえ、高位・下位貴族かかわらず、様々な人で会場は埋め尽くされていた。

人の多さと王宮の優美さに圧倒されたフローラは、イヴァーノに手を引かれながら入場した。王宮内で最も大きな舞踏場《ボールルーム》である。

イヴァーノに誘われて、何度か王宮楽団の歌劇場には足を踏み入れたことがあるが、同じ敷地内であっても、こちらは初めてだ。

それも今日は舞踏会。

昼の社交が中心のフローラにとっては、初めてのことばかりである。

もちろん、教育の一環として、ダンスのレッスンもラポール国立音楽院にはある。しかし、授業と実際とではまた違うのだ。

少し緊張した表情で周りを見渡すフローラを、イヴァーノが小さく笑った。

「そんなに緊張しなくても大丈夫だよ。何事も経験だ」

「ひどい、イヴァーノ様。ご自分が慣れていらっしゃるからって……」

僅かに口を尖《とが》らせたフローラに、イヴァーノは目を細めた。あの一週間の蜜月を過ごしてからか、フローラが時折こういう余所行きではない可愛らしい仕草を見せるようになった。

本来こちらが彼女の素なのであろう。

そんな姿を見るたびに、イヴァーノは距離が近づいたようで、どこかこそばゆさを感じる。

「大丈夫、知り合いも多くいるはずだし、お友達も参加の予定だろう？」

「そうですが……」

フローラの学院の友人たちは、下位とはいえ貴族令嬢がほとんどだ。

このラポールで成人とみなされるのは十八からであるが、社交界への出入りは十六の歳から認められる。これは、元々成人年齢が十六であったものを、諸々の理由で十八に引き上げた際に、一部の反対意見を押さえるために憂慮された結果である。

この二年間は、年若い少女たちにとっては、出会いの時期であり、顔を売る時期でもあった。

「ピアス子爵夫人も参加されると聞いているし、サロンで知り合いになったご夫人方もそうだろう。何も心配することはないよ」

「う……はい」

知り合いが多いのは、とても心強いが、それで緊張しないかと言われるとまた別問題だ。何よりも、イヴァーノと共にいることで必要以上に周囲の視線を集めるのだ。

少しでも実業家として有名な彼と繋がりを持ちたいと思っている人や、美貌の侯爵である彼と親しくしたいと思っている女性の視線が槍《やり》のように刺さる。

それゆえに、こうした場に出てくると、どうしても口さがない言葉を耳にするのは仕方がないことなのだ。

フローラが、イヴァーノの被支援者兼恋人として少しずつであるが認知され始めてはいるものの、それを相変わらず『愛人』だと揶揄《やゆ》する人も少なくない。

何よりも、公爵家での夜会のレイチェル王女の一件が、様々な形で噂として広まっているのが大きかった。

それに加えて、長期休暇明け以降、フローラの結果が出始めたのも大きい。

直近では、王都の大聖堂が主催するコンクールで、その透明感のある声と安定した声量、高音域の広さを評価されて特別賞をもらったのだ。

結果が出てくることは、フローラとしてはとても嬉しい。

努力が実った結果であるし、ピアス子爵夫人やオベール夫人の教えの結果でもある。そして何よりも、イヴァーノが自分のことのように喜んでくれるのが嬉しかった。

とはいえ、急に結果の出始めたフローラをやっかむ声も多い。そして、フローラの結果が、彼女の実力ではなく、イヴァーノが金を積んで得たものではないかとまで一部の者たちから言われているのも知っていた。

「まずは、せっかくだ。一曲踊ろうか」

きょとんとしたフローラに、イヴァーノが手を差し出した。

「何事も、経験だろう?」

僅かに口角をあげて、悪戯っぽくイヴァーノが笑う。

会場の中央では、老いも若きも紳士淑女が、くるりくるりと踊っている。

おずおずとその手に己の手を重ねれば、優しく手を引かれて会場の中央へと導かれる。ちょうど曲が変わり、ダンスの輪から抜ける者、パートナーを替える者、新しく輪に入る者と参加者たちが入り乱れる。

そして、それが落ち着きを見せると、新たな曲が始まった。

曲を奏でるのは、王立楽団の器楽部の人たちだ。彼らの巧みな演奏によって、音楽は軽快に進む。

イヴァーノはといえば、ダンスの腕前は流石のもので、初心者のフローラを上手に導いてくれる。まるで学院の教師と踊っているような感覚だ。

彼がくるりと優雅にターンをすれば、フローラの白に近い水色のドレスの裾が、ふわりと軽やかに持ち上がる。

ともすれば、足元に必死になりそうなフローラの注意をひくように、イヴァーノが話しかける。

「ほら、フローラ。こっちを見て」

背の高いイヴァーノの顔を見るということは、必然的に見上げる形になる。

「そう、上手だ。ダンスは、学院で？」

「はい、基礎教育科目に含まれています。これが役に立つのかと思ってやっていましたが……こんな形で役に立つとは……」

ぽつりと漏らしたフローラの本音に、イヴァーノが小さく笑う。

「では、学院の授業に感謝しなくてはね。こうして君と踊る名誉に預かれたのだから」

「わたしも、こんな風にお城でイヴァーノ様と踊れるだなんて……夢のようです。まるで、歌劇の世界みたい」

「『王子様とわたし』みたいな？」

流行りの演目の題目を挙げられて、フローラはぱちくりと瞳を瞬かせた後、ふわりと微笑んだ。

「……本当ですね。イヴァーノ様ったら、わたしの王子様だわ」

フローラの笑みにあてられたのか、それとも王子様と言われたことに照れたのか、イヴァーノが僅かに目元を赤く染める。

「『王子様』という柄ではなかったな」

そんなイヴァーノに、フローラはくすくすと笑った。

「そんなことないです。イヴァーノ様は、誰よりもわたしにとっては『王子様』ですから」

「……それはそれで、あぁ……まいったな。余計な冗談を言うんじゃなかった」

眉を下げたイヴァーノに、フローラは笑みを深めた。

「でも、本当に……イヴァーノ様にお会いして、わたしの世界は大きく変わりましたもの。

とても、感謝しているんです」

ただの平民出身の音楽院の学生では、知る由もなかった世界。音楽の幅もずっと広がった。

「感謝だなんて……なんだか他人行儀だな」

フローラの物言いに、イヴァーノが苦笑を漏らす。

「そうでしょうか？」

「フローラへの支援は、あくまでも個人的な趣味だし、贈り物をするのは、単純にフローラを自分好みに着飾らせたいからだ。喜んでもらえるのは嬉しいが、有難がってもらうのは……少し違うかな」

「喜んでいますよ？」

イヴァーノが贈ってくれるものは、どれも素晴らしいものだ。フローラだけでは決して手に入れられない一流品。女心として、心ときめかないはずがない。

「何一つとして、寮には持って帰らないのに？」

「それは……寮の部屋に、いただいたドレスとかをしまっておく場所なんてないんですもの」

心の中をイヴァーノに見透かされた気がして、フローラは僅かに言葉を詰まらせた。その贈り物のどれもが素晴らしく心惹かれる一方で、借り物であるという意識がどこか付きまとうのだ。寮のクローゼットに収まらないのは事実であるが、そんな内心が大半を占める。

「……まぁ、そういうことにしておこうかな。寮を使うのも、あと数か月のことだしね」

冬季の長期休暇が終われば、季節はゆっくりと春へと向かう。春が来れば夏が来て、フローラも卒業することになるのだ。

もちろん、卒業後の進路によっては、そこの寮に入ることになるのであろうが、その時には、イヴァーノとの関係はどうなっているのだろうかと不安が過る。

「フローラ?」

急に黙り込んだフローラを、不審そうにイヴァーノが見下ろした。

「何でもありません。卒業後が不安だなって思っただけです」

そろそろ、学内でも選抜試験や、歌姫募集の案内が発表される頃である。

「何も心配することなんてないよ。好きなところの歌姫試験を受けたらいいんだ。困ったら、いつでも助けになる」

「……ありがとうございます」

どんな結果になるとしても、ひとまずフローラには歌を頑張ることしかできないのである。

ダンスが終われば、他の人に場所を譲り、これから挨拶に回るというイヴァーノは、フローラを友人たちのところに送り届けてくれた。

時間が経てば、友人たちが徐々に集まり始める。みな既に挨拶を終えて、少しばかり休憩タイムというところなのだろう。

最終学年である今、どれだけ顔を売れるかということに、みな将来がかかっている。完全実力主義の御三家と言われる王宮楽団、国立歌劇場、シエル大聖堂以外は、どうしても社交界に顔が売れていた方が有利に働くからだ。

気の置けない友人が集まれば、自然と卒業後の話になるものだ。みな、漠然と不安を抱えているのは同じである。

「それで、クリステルは国立歌劇場を受験するのよね？」

友人の一人に問いかけられて、クリステルが苦笑交じりに頷く。

「まぁね、それ以外の選択って結局許されていないもの。それは、貴女も一緒でしょ？シエル大聖堂一択じゃないと、おじい様が許さないのではなくて？」

彼女の祖父は、枢機卿《すうききょう》の一人だという。それゆえに、孫娘をどうしてもシエル大聖堂の歌姫にしたいらしい。

「我が家もだわ。兄が王宮楽団の奏者だから、わたしにも入れって煩いのよ。進路くらい好きに決めさせてほしいのに……」

そう言って、他の友人の一人が盛大に溜息を吐いた。その友人の兄は、今まさにこの会場でバイオリンを弾いているらしい。代々王宮楽団に所属する音楽家一家だ。

「その点フローラはいいわよね。好きに選べるのだもの」

「そうかな？」

「そうでしょ！　侯爵様なら、どこか大きな教会とか紹介してくれそうだものね！」

彼女の発言に、フローラは苦笑するしかない。たしかにイヴァーノはどこでも好きなところを受ければいいと言ってくれている。力になってくれるとも言われている。それでも、そこを期待するのはなんだか違う気がするのである。

「とか言って、実は侯爵様と結婚しちゃったりして」

友人の言葉に、とんでもないとフローラは頭を振る。

「そんなこと考えたこともないわ。侯爵様に失礼よ」

「でも恋人なんでしょう？　貴族の夫人になる歌姫はたくさんいるわ」

「そんなの無理だわ」

フローラは、それはあり得ないと首を振って否定した。

「それに、結婚だなんてまだ想像できない」

「たしかにね」

「歌姫になれば、少なくとも後五年は結婚なんてできないわ」

口々に同意を示す友人たちに、フローラは頷いた。

十八という年齢は、結婚を考えるには十分な年齢だ。現に、フローラの地元の幼馴染も彼女の兄と結婚する予定だ。貴族の令嬢が通う女学院であれば、卒業を待って結婚なんて話も少なくないと聞く。

しかし、彼女たちは歌姫になるためにこの場所にいるのだ。青春を音楽に捧げて生きてきた彼女たちには、己の結婚よりも歌姫になることが先決だった。

でも、フローラは、自分はおそらく結婚などできないだろうなと思っている。初めての恋の相手がイヴァーノならば、どんな男性でも霞《かす》んでしまうだろう。

イヴァーノは、フローラにとって『王子様』だ。

少女の夢を集めて固めたような理想の王子様。美しく優しい理想の人。そんな人が、誰よりもフローラを慈しんでくれるのだ。

日に日にフローラの思いは、強くなっていく。

もう恋人でなかった頃を思い出すことはできないほどだ。

とはいえ、この関係にもいつかは終わりが来ることも、フローラは理解していた。高位貴族と食堂の娘。とてもではないが、身分差があり過ぎる。この関係は、恋人だから許されているのであって、結婚となれば話は別だ。

いつかは、きっとイヴァーノは貴族の令嬢を妻に迎えるだろう。それが、一年後なのか五年後なのか。その時に、フローラは笑って祝福ができるだろうか……。

その時を想像すると、きゅっと胸が痛む。あぁ、これは嫉妬だと考えて、フローラは己の反応に苦笑を漏らす。まるで歌劇『アデライド』のようだ。

視界の端で、イヴァーノが壮年の男性と連れの女性に挨拶を受けている様子が見える。その周囲にも、ちらちらと彼を気にする様子を見せる令嬢たちの姿がある。

「恋って、難しいのね」

「フローラ、何か言った？」

うまく聞き取れなかったのか、隣に立つクリステルが聞き返す。それに、フローラは何でもないと首を振った。

恋は難解であるからこそ、万人が惹かれるのだ。だからこそ、恋をテーマにした歌劇がたくさん生み出されている。

この辛い嫉妬心も、イヴァーノへの思いがあるがゆえ。彼は、本当にフローラにいろいろなことを教え、与えてくれる。そして、それはフローラの糧となるのだ。

夜会も中盤に差し掛かれば、会場内の人も入り乱れ始める。ダンスを踊る者、話に花を咲かせる者、テラスや休憩室で一休みする者など様々だ。

「……フローラ？」

フローラも、学院の友人たちと話をしていると、背後から声をかけられて振り返った。

そこに居たのはフローラの地元であるリーヴァの町一帯を治める領主の次男である、彼女の幼馴染であった。

「……！　アベル⁉」

最後に顔を合わせたのは、地元を出る直前だ。フローラは、友人たちに一言断りを入れて、彼と共に友人たちから離れた。

「やっぱり、フローラだった。久しぶりだね」

親しみやすい笑みを浮かべたアベルに、フローラも懐かしさがこみ上げる。彼と会うのは本当に久しぶりだ。最後に顔を合わせたのは、フローラが彼の父である領主の支援を受けて、音楽院の入学試験を受ける前のことである。

貴族である彼が、王都の寄宿学校に進学していることは、両親からの手紙で知っていた。貴族や有力者の子息は、寄宿学校に進学する者が大半だと聞く。家を継ぐ者、王城で文官になる者、騎士の道を志す者、そして商売を始める者など様々であるが、どの道を辿るにしてもこの寄宿学校での繋がりが有効だと言う。

とはいえ、音楽院で寮生活をしているフローラが、王都で彼に偶然出会うことなどあるはずもない。

「本当に！　貴方、今日はどうしたの？　領主様とお兄様は？」

久々に会う懐かしい顔に、フローラは笑みを浮かべた。彼の父である領主が、フローラの実家の食堂を贔屓《ひいき》にしてくれていたというのもあるが、貴族と平民という身分差があるのにもかかわらず、彼の家の人たちは、貴族だと驕《おご》ることなく領民と親しく接してくれる。尊敬すべき領主一家なのである。

「父さんは、最近腰を痛めて動けないらしくて……。兄さんは、義姉さんの産み月が近くて、領から離れたくないって言うから、僕が代理」

少し苦笑交じりに語ったアベルの言葉に、家族への親愛が感じられてフローラは笑みを深めた。彼の兄である次期領主が、寄宿学校時代に王都で出会った妻は、王都の大きな商家出身だと領内で噂になったのは、二年ほど前のことである。

二人の仲睦《むつ》まじい様子は、両親からの手紙でフローラの元に聞こえていた。領民にとっては、喜ばしい話である。

「そうだったのね。領主様、そんなにひどい状態なの？」

それよりも、フローラには、どちらかと言えば、線の細い印象がある領主が腰を痛めたという話の方が気になった。そんなフローラの心配を他所に、アベルがやれやれと言わんばかりに肩を竦めた。

「ただのぎっくり腰だよ。孫が生まれるのが嬉しすぎて、いろいろと頑張っちゃったらしい」

「まぁ！　早くよくなるといいわね」

　フローラにとっては、彼の地の領主は恩人にも等しい。初めてフローラの歌に支援をしてくれた人だ。ぎっくり腰を侮るわけではないが、症状が重いのでないなら喜ばしいことだ。それに、なんとも理由が微笑ましい。

「まぁ、大丈夫だよ。安静にしていれば治るらしいし……それよりも……フローラは、どうしてここに？」

「支援者の方に、連れてきていただいたの」

　彼が、疑問に思うことも不思議ではない。フローラは、ただの音楽院の学生であって、普通であれば王妃の誕生日を祝う夜会になど出られる身分ではない。招待を受けるのは、貴族や有力者ばかりなのだから……。

　その疑問を堂々と口にしてしまうアベルの素直さに、フローラは、苦笑を漏らす。イヴァーノに連れられて様々な社交場に顔を出すようになって知った貴族の様子と比較して、どうしても心許《こころもと》なさが否めない。もちろん、それが彼ら領主一家の美徳とするところでもあり、一領民としても尊敬している部分でもあるが、幼馴染としては少しばかり不安にもなる。

「支援者って……さっき一緒に踊っていた人？」

「えぇ、そうよ。トゥーリオ侯爵様といって、とても良くしてくださるの」

「ふーん」

気のない……というよりも、どこか含みのある返答に、フローラは僅かに顔を顰めた。素直な彼らしくない反応である。

「……アベル？」

「ねぇ、フローラ。トゥーリオ侯爵って、有名な富豪侯爵だろう？　海運王の」

フローラの訝《いぶか》し気《げ》な反応に気づくことなく、アベルがさらに言葉を重ねた。それは、イヴァーノをどこか貶めるような響きを持っており、彼女は戸惑いを覚えた。

「え……ええ」

「君のご両親は知っているの？」

ただの問いかけのはずなのに、どこか責められているような気がして、フローラは僅かに眉根を寄せる。

「イヴァーノ様に支援いただいていることは、報告したわ。休暇中に、一度家に帰ったの」

「……家にね。それは、侯爵様と？」

「……ええ」

なぜそんなことをわざわざ確認するのかと思いながらも、フローラはこくりと頷いた。

「どうして、ただの支援者が、わざわざ安くはない列車の代金を払って君を実家に連れていくのさ」

「それは……侯爵様の休暇のついでに……」

「たかが支援しているだけの学生を連れて？」

「それは……」

アベルの棘《とげ》のある言葉に、フローラは言葉を詰まらせた。

「ねぇ、君、今社交界でなんて自分が言われているのか知っている？」

「それは……」

知らないわけがない。社交場にイヴァーノと出れば、悪意ある視線に実際に曝されているのはフローラなのだ。

「『富豪侯爵の愛人』、そんなこと言われて恥ずかしくないの？」

「違うわ……！　そんなんじゃないの！　イヴァーノ様とは、恋人としてお付き合いさせていただいているだけ……」

「恋人ね……」

アベルが、フローラの言い分を鼻で笑う。

「今王都で流行りのデザイナーのドレスを着せて、社交界を連れまわすのが、恋人なのか？」

「……アベル？」

明確な悪意ある言葉に、フローラはその瞳を見開いた。幼馴染である彼から、そんなことを言われるとは思っていなかったというのもある。

「そのドレス一着で、君の実家の売り上げの一月分はくだらないだろうね。そんなドレスを何着も買い与えて、長期休暇の旅行にも連れていく……それって、もはや恋人の範疇《はんちゅう》を越えているだろう？」

「……そんな言い方しなくても」

「フローラ、君はただの地元でちょっと有名な食堂の娘だよ？　そんな君が、富豪侯爵と言われる彼の人に、本当に相手にされると思っているの？」

「……」

それは、いつもフローラの胸の奥に棘のように引っかかっていた疑問だ。彼女はただの食堂の娘で、イヴァーノと並びたてるほどの何かを持っているわけではない。ただ、そこに目を瞑って、気づかない振りをしていただけだ。

「たかが食堂の娘が、ラポール国立音楽院に入学できただけで十分じゃないか。それが、侯爵の支援を受けて歌姫を目指しているだって？　本当に、そんな夢みたいなことが叶うと思っているの？」

「……」

「僕たちもいつまでも子供じゃないんだ。今年成人を迎えるんだぞ？　もっと地に足をつけて考えるべきじゃないのか？」

「……アベル」

「そんな体を売るような真似をして、無理に歌姫なんて目指さなくてもいい。地元に帰って教会で聖歌隊に入ればいいじゃないか。先生の後を継いで私塾を開いてもいいし……そうだろう？」

「そんなんじゃ……」

「君の家族がこの事実を知ったら、どう思うかを一度考えてみるんだね」

「……」

「ねぇ、フローラ。僕は君が憎くてこんなことを言っているわけじゃない。幼馴染として、君のことが心配なんだよ……わかるだろう？　愛人だなんて、先のない関係を続けるんじゃなく、もっと自分に見合った人を探したほうがいい」

「アベル……」

「一度、ちゃんと考えろ！　いいな」

それだけ言うと、アベルは慌てたようにフローラの傍を離れて行った。

それと入れ替わるように、肩をぽんっと叩かれる。びくりと体を震わせて振り返れば、そこにいたのは、不審そうな表情でアベルの背中を見送るイヴァーノだ。

「……フローラ、あの男に何かされたのか？」

イヴァーノの、心配しているかのような声音に、フローラは慌てて頭を振った。

「……違います。地元の幼馴染で……偶然会って、声をかけてくれたみたいです」

「地元の幼馴染？」

フローラの説明に、どこか納得のいかない怪訝な表情で、イヴァーノが再びアベルの後姿を視線で追った。

「リーヴァの町一帯の領主様の息子です。今日は、領主様とお兄様の代理で参加したようで……」

「あぁ、フローラの進学の支援をしてくれたという領主か」

ようやくそれで相手が誰であるか思い至ったのか、イヴァーノが視線をフローラに戻した。

「……そうです」

「幼馴染と再会したにしては……浮かない顔だな」

フローラの思いを感じ取ってか、イヴァーノが彼女の頬に手を添える。そんな彼に、フローラは淡く笑みを浮かべて首を振った。こんなフローラの勝手な思いで、彼を心配させるわけにはいかなかった。

「そんなことないですよ。イヴァーノ様は、ご挨拶は終わったのですか？」

「仕事関係はね。これから、国王夫妻に挨拶に行こうかと思って迎えに来た」

　何でもないことのように、そう言ったイヴァーノに、オレリアはぎょっと目を見開いた。たしかに今日の夜会の名目は、王妃陛下の誕生祝いであると聞いているが、挨拶の機会があるとは思っていなかったフローラである。

「……！　それ、わたしが一緒に行っても大丈夫なのですか？」

「大丈夫だよ。君は、わたしの同伴者で被支援者だよ。歌姫になれれば、どこかで国王夫妻にお会いする機会もあるかもしれない。今から顔を知ってもらっていて損はないよ」

「……」

　食堂の娘が、彼の隣に立ってもいいのだろうか……と、先ほどのアベルの言葉が反芻される。一平民でしかないフローラには、国王夫妻とは雲の上のような人たちだ。

「フローラ？」

　無言になったフローラに、イヴァーノが怪訝な顔を浮かべる。そんな彼の反応に、何でもないとフローラは、頭を振った。今ここで渋れば、イヴァーノに迷惑をかけることになる。

「すっごく、緊張します」

　本音を隠して、神妙な顔で思いだけを告げれば、イヴァーノがふっと優しく笑った。

「大丈夫だよ。いつもと変わりない。堂々としておいで」

　イヴァーノに手を取られて、そのまま国王夫妻への挨拶の列に並ぶ。とはいえ、開始からそこそこ時間が経っていたこともあり、すぐに順番は回ってくる。

国王夫妻は、穏やかな笑みで二人を迎え、フローラの存在が非難されることはなかった。もちろん、何か思うところがあったとしても、このような公式の場では顔にも口にも出さないのであろうが……。

挨拶が終われば、もう用はないとばかりにイヴァーノに連れられて侯爵家へと戻る。

こうして、フローラの初めての王宮舞踏会は幕を閉じたが、幼馴染の言葉が棘のように刺さって抜けないでいた……。

5．歌姫のたまご、謀られる

幼馴染と再会した王宮舞踏会から半月後、フローラ宛てにアベルから夜会の招待状が届いた。某子爵家で開催されるそれは、音楽サロンの規模を大きくしたようなもので、子爵家が支援する楽団を招いての演奏会である。

ラポール国立音楽院の寮生は、特別な理由がなければ外出は認められない。社交活動に参加するにも、寮の管理者に正式に申請を出して受理してもらう必要がある。彼が、フローラと会おうと思うのであれば、サロンや夜会といった場所でしか会うことができないのだ。だからこその、方法だったのであろう。

「そうだとしても、招待状だけ送り付けてくるって、紳士としてあるまじき行動だと思うけれど」

馬車の中で、プリプリと怒りを口にするクリステルに、フローラは困ったように眉を下げた。

「迷惑をかけてごめん。でも……クリステルまで付いてきてくれなくても大丈夫だったのよ？」

　夜会に参加するには、当然ながらそれなりの準備というものが必要だ。イヴァーノに誘われてのものであれば、侯爵家の使用人たちが手際よく整えてくれるが、当然ながら今回のことで彼らを頼るわけにはいかない。

　イヴァーノが誂えてくれた夜会ドレスも、全て侯爵家にて管理してもらっている。となれば、着ていくドレスもなければ、会場まで向かう馬車もない。そんなお手上げ状態のフローラが頼ったのは、クリステルだった。

「そんな、フローラ一人で行かせるわけないでしょう！」

「……はい、ごめんなさい」

　キッと鋭い視線をクリステルに向けられて、フローラは首を竦めた。

「っていうか、普通夜会に招待するのなら、ドレスの一着でも贈って迎えを寄こすくらいの気概を見せなさいって話なのよ！　フローラの幼馴染だって言い張るのなら、貴女の状況くらいわかっているでしょうに！」

　フローラは、平民出身の学生で、当然ながら自由になる金銭などない。イヴァーノから支援を受けているとはいえ、それらの支払いはすべて彼がしてくれてはいるが、実際に金銭を与えてもらっているわけではない。

　ドレスなど自分で準備することもできず、クリステルに借りられないかと相談したのだ。

そんな願いを口にすれば、当然理由を尋ねられるわけで……アベルから受け取った手紙の内容から夜会に招待されたこと、そして王宮舞踏会での顚末《てんまつ》まで事細かに説明させられることになったのは言うまでもない。

事情を聞いたクリステルは、そんな夜会に行く必要などないと言い切ったのだが、それでも幼馴染であるアベルを無碍《むげ》にはできないと言ったフローラの意見を最後はしぶしぶ受け入れてくれたのだ。

しかし、フローラ一人では行かせられないと、家の伝手を使って夜会の招待状まで手に入れて、こうして一緒に参加を決めてくれた。当然ながら、クリステルのドレスを彼女の家の使用人たちの手によって着せてもらい、化粧までしてもらった。そして、彼女の馬車に同乗させてもらっている。

ここまでしてもらって、クリステルのアベルへの暴言を否定することはできない。

イヴァーノと出会う前までのフローラであれば、アベルの行動に特に疑問を持つこともなかったかもしれない。平民が貴族の夜会に招待されることなど、それ自体が誉に近いと考える人も多い。

しかし、社交界には社交界のルールがある。貴族の社交場に平民のフローラを招くのであれば、それなりの準備を招待する側が考えるべきであるというのが、彼らの中では一般的であると、フローラは既に知っている。

もちろん、それなりの準備ができないのであれば、招待を受けないという考え方もある。

しかし、「話がしたい」と呼びだした以上、相手の事情を考えず要望だけを押し付けるのは、決して紳士といわれる者がすべき行動ではないのだ。

だからこそ、クリステルの発言はもっともなのだろうと、フローラも思う。

「クリステル、ありがとう」

まるで自分のことのように憤ってくれる友人は、とても得難いものだ。その彼女の優しさが嬉しくて、フローラは彼女の手を握った。

「……なによ、急に改まって」

クリステルが、少しだけ恥ずかしそうに視線を彷徨わせる。

「本当に、わたしはいい友達を持ったと実感しているところ」

「……ばかね」

「でも、ずっとクリステルには助けられてばかりだもの」

裕福な学生が多い中で、こうして無事最終学年まで進級できたのは、クリステルという存在があったからだ。

「そんなの、お互い様よ。わたしだって、フローラに助けられてきたわ」

「そうかしら？」

フローラは、クリステルの役に立ったことがあっただろうかと首を傾げる。いつだって、頼りになるのはクリステルだったはずだ。そんなフローラの思いに気づいてか、クリステルが苦笑を漏らす。

「そうよ、いつだって貴女のその素直さと前向きさに励まされてきたんだから」

「……？」

どういう意味かと、フローラは首をかしげるしかない。

「フローラは、いつも歌に対して真っすぐだから」

「……どういうこと？」

「良くも悪くも、貴女は欲がない。音楽院に入学して、歌を専門に学べていることに感謝すらしているじゃない。他の子を見てご覧なさいよ。もちろん、歌を少しでも上手くなりたいという思いは同じだけれど、いつの間にか歌姫になることに固執しているわ」

「それは……実力の違いじゃない？　それに、期待されている度合いも違うわけだし……。わたしは、みんなと違ってただの平民だもの。大それた望みを抱かないだけだわ」

フローラが、このラポール国立音楽院に入学して思ったのは、レベルの違いだ。皆幼少期から高等音楽教育を受けてきた者ばかりで、フローラなどとても足元に及ばなかったのだ。

今年に入ってイヴァーノという支援者がついたことで、それなりに成績を残せるようになったものの、高望みはしていない。それに、イヴァーノも純粋にフローラが上手くなることを望んでくれているのだ。

　元々、歌を好きになったのも、家族が褒めてくれたからだ。だからこそ、少しでも上手くなろうと思ったのだ。今は、イヴァーノが喜んでくれるからただ高みを目指しているだけだ。

「そんなフローラだからこそ、一緒にいて楽なのよ。それに、初心を思い出させてくれるわ。歌うことが楽しくて、母のようになりたいと思った子供心を思い出させてくれるの……」

クリステルの母は、国立歌劇場の元歌姫だ。その娘にかかる期待は、並大抵のものではないだろう。

「だからね、わたしは反対。せっかくここまで頑張ってきたのだもの、地元に戻って細々と歌を続けるだなんて勿体ないわ」

「クリステル……」

「シエル大聖堂以外にも、大きな教会や有名な聖堂は沢山あるわ。優秀な歌姫に会う機会だって、そちらの方がずっとあるはず。それにね、貴女の歌だって多くの人に聞いてもらえるのよ?」

クリステルが、憎々し気に手の中の扇をパチリと鳴らす。

「それを地元に戻って地元の教会の聖歌隊だなんて……別に、貴女の地元の教会が悪いわけではないのよ？　ただ、レベルの問題よ。リーヴァの町は、観光地ではあるけれど、所詮は田舎でしかないわ。そんな田舎町の教会の聖歌隊だなんて……きっと私塾で学んだ町の人くらいしかいないでしょうに」

力ある教会は、優秀な音楽院を卒業した学生が揃うが、田舎領地の小さな教会などで歌う聖歌隊は、町の人たちで構成されていることがほとんどだ。

リーヴァの町でも、私塾ができる前は、讃美歌を教えるのは教会であったくらいだ。それが、私塾ができたことで、そこで学んだ娘たちが仕事の傍らミサの時には聖歌隊として歌うことになったという。おそらく、それは今でも変わっていないだろう。

「正直、貴女の幼馴染はラポール国立音楽院を馬鹿にしているのかっていうレベルの話ね」

鼻息も荒くそう言い切ったクリステルに、フローラはポカンと口を開けて彼女を凝視した。それほど、彼女の今の発言はフローラにとって目から鱗《うろこ》だったのだ。

「……何を変な顔しているのよ」

どこか憮然《ぶぜん》とした表情で、クリステルがフローラを見た。

「いや……だって、ちょっとクリステルの発言が……意外で……」

「意外なもんですか。フローラの中でラポール国立音楽院がどんな立ち位置なのか知らないけれどね、みんな必死になって入学許可もぎ取っているのよ。わたしなんて、入学試験の前は、別邸に缶詰めだったわ」

「……缶詰め？」

「そうよ。家庭教師と母と三人、別邸で明けても暮れても練習三昧……もう二度とやりたくないわね」

当時を思い出したのか、クリステルが嫌そうに顔を顰めた。

「今上位にいる子達だって、きっとみんな似たようなものよ。それをなんの苦労もしてませんみたいな顔して入学してくる貴女たちみたいな子がいるのだから……世の中わからないわよねぇ」

「……もしかして、貶められている？」

「貶めてなんてないわよ。やり切れないって思ったたって話よ」

「……」

「あぁん、もう！　そんな顔させたいわけじゃないってば！　それだけ、貴女たちが実力を認められて入学してきたってことを知ってほしかっただけ。うちの親のように馬鹿みたいにお金積んで優秀な教師手配して入学したわたしと、フローラの元の実力は変わらないってことよ」

「……そうなのかな？」

フローラとしては、自分がラポール国立音楽院に入学できたのは、単に運がよかっただけだと思っている。そう口にした彼女に、クリステルが呆れた視線を向けた。

「運だけで入学できるなら、誰もこんなに苦労しないわよ」

ため息交じりに言われた言葉に、フローラは眉を下げた。

「兎に角ね、元々フローラにはそれだけの実力があったってことよ。実際に、支援を受け始めてから結果だってぐっと伸びているわ」

「クリステル……」

「それを、どうせ大したことないんだから地元に戻って貢献しろだなんて……一体何様のつもりよって話だわ」

「アベルはそこまでは……」

「言っているようなものでしょう？　言っておくけれどね、フローラの実力と成績があれば、それなりの領地の名のある教会が欲しがるから」

クリステルが、鼻息も荒くそう胸を張る。

「そんなこと……」

あるのだろうかと首を傾げたフローラに、クリステルが太鼓判を押す。

「あるに決まっているじゃない。そもそも、資金は潤沢でも立地が悪いがために人気がない教会なんていくらでもあるのよ？」

聖歌隊のメインとなる歌姫が見つからず、地元のボランティアだけで運営している教会も少なくはない。現に、リーヴァの町もそうである。

しかし、音楽に造詣が深い領主が治める土地では、音楽院に依頼して多くの寄付と引き換えに歌姫を斡旋《あっせん》してもらうところもあるという。

いい歌い手がいる場所には、人が集まるものだ。現に、辺鄙《へんぴ》な場所にあるシエル大聖堂であっても、所属の歌姫たちの歌を聴くために多くの観光客が訪れる。歌姫の巡業があると聞けば、その地を訪れるファンもいる。それと同様に、いい歌姫を求めて各地を旅する者もいるほどだ。

「だからいいこと？　絶対に丸め込まれちゃだめよ」

そう言って、クリステルは悠然と微笑んだ。


王都中心部より少しだけ外れた場所に、その子爵家の別邸はあった。それなりの広さを誇る庭には、続々と馬車が乗り付けられる。かなりの時間をかけて、クリステルとフローラは会場へと足を踏み入れた。

大広間は、既に多くの招待客で溢れており、フローラが知る人の姿もちらほらと見える。その中でアベルの姿を探して会場内をぐるりと見渡せば、クリステルがフローラの肩を叩いた。

「あれじゃない？　フローラの幼馴染」

クリステルが指を指した先に、同じ年頃であろう令息の一団にアベルの姿を見つけた。あちらも同じタイミングでフローラに気が付いたようで、アベルが友人たちに断りを入れてこちらに向かって歩いてくるのが見えた。

「……アベル」

「こんばんは、フローラ。いい夜だね」

貴族の令息らしく、きちんとした正装姿のアベルに、何とも微妙な気持ちになる。彼は、フローラと違ってこのような場に慣れているのがわかったからだ。きっと、彼はフローラがどんな気持ちでクリステルに助けを求めて、この場にいるかなんて理解していないのだろうと思う。

「びっくりしたわ、突然手紙をもらって」

「……こうでもしないと、君には会えそうになかったからね。友人に協力してもらったんだ」

悪びれた様子もなく、アベルがそう言った。そんな彼の態度に、フローラは小さく嘆息する。

「そう、それで話って？」

今夜は、彼が話したいというからわざわざやって来たのだ。早く本題に入ってほしいという気持ちを滲ませて問いかければ、アベルがちらりとクリステルに一瞬視線を向けた。

「ここではちょっと……場所を変えよう、フローラ」

「どうして？　この場で話せないような話なの？」

「……君の今後の話だ。こんな公《おおやけ》の場で話せるわけないだろう」

フローラに拒まれたことに腹を立てたのか、アベルが憮然とした表情を浮かべた。

「貴方の意見ならば、この間聞いたはずよ」

だからこそ、これ以上なんの話があると言うのだろうかと暗に問いかける。

王城で会ったときは、アベルの言葉に揺らいだのも事実だ。

フローラは、所詮は田舎の食堂の娘でしかなく、ラポール国立音楽院に入学するまでは、音楽の高等教育など受けてこなかった身である。そんなフローラが、歌姫を目指すなど身の程知らずだと言われれば、どこか納得する自分もいた。

現に、先ほどまではアベルが言うように地元に戻るのがいいのではないかと、どこかで思っていたのだ。そう、クリステルにはっきりと言われるまでは……。

「まだ、話は終わっていないはずだ」

「だって、貴方の意見は変わらないのでしょう？　それならば、これ以上話すことはないはずだわ。だって全て聞いたじゃない」

「……ちっ」

アベルが、小さく舌打ちする。

そんな彼の姿に、クリステルが僅かに顔を顰めた。

「兎に角、話があるのであればここで聞くわ。貴方の気持ちもわかるけれど、人目のつかないところには行くわけにはいかないのよ」

あの王女殿下の一件以降、イヴァーノにもクリステルにもきつく言われているのだ。それも、フローラを敵視する女性が、少なくないからだ。

「……まだ歌姫なんて夢を見ているつもりか？　よく考えろって言っただろう」

クリステルに聞こえないようにするためか、アベルが声を落として問いかける。

「どうして夢を見てはいけないの？　昔から先生に憧れていたことは、貴方知っているでしょう？」

「フローラが、先生のような歌姫になる夢をずっと持っていることは知ってるよ。でも、もう子供みたいにそんな夢を追いかける歳じゃないだろう？」

クリステルも他の友人たちも、フローラがどこかの教会の歌姫になることは疑っていない。それは、きっと彼女たちがフローラの歌を少なからず認めてくれているからだ。

もちろんその言葉の端々に、イヴァーノの力添えがあるのではないかということを匂わせているが、それは彼がフローラの支援者だからである。

「聖歌隊に入りたければ、リーヴァの町の教会の聖歌隊で十分じゃ……」

「どうしてそれをアベルが決めるの？」

はっきりと不満を込めて問いかけたフローラに、アベルはその瞳を見開いた。

「どこの教会に所属するかを決めるのは、貴方ではなくてわたしのはずよ。だって歌うのはわたしだもの」

「フローラ……」

フローラの歌を一番認めてくれているのは、イヴァーノだ。そして、フローラはイヴァーノから支援を受けるにあたって、彼と約束をしたはずであった。

イヴァーノの耳を楽しませるために努力すると。

彼のフローラへの支援は、彼好みの歌姫を育てるためだ。今でこそ恋人関係という、それこそ身の程知らずと言われても仕方ない立場にいるが、元々は彼専属の歌姫になるつもりだったのだ。

それは、リーヴァの町では叶えられない。

「わたしは、侯爵様の歌姫になるの。いつかはリーヴァの町に帰るかもしれないけれど、それは今じゃないわ」

はっきりとそう言い切ったフローラに、アベルは愕然とした表情で彼女を見ていた。

「フローラの様子がおかしいと思っていたが、君が原因か……」

コツリと大理石の床に靴底があたる音が響く。

突然現れた予想外の登場人物に、アベルとフローラは目を見開いた。

「……イヴァーノ様、どうしてこちらに？」

「可愛い恋人が、幼馴染とはいえ他の男に夜会に誘われたと聞いたら、不安に思うのは当然だろう？」

忙しいイヴァーノの邪魔をしてしまったのだと、フローラは申し訳なさそうに顔を伏せた。

「……ごめんなさい」

「だったら、今後は社交に出かけるときは、必ず教えてくれ、いいね？」

諭すようにそう言われて、フローラは一瞬の逡巡の後、素直に頷いた。

「いい子だ」

イヴァーノが、身をかがめてフローラの額に唇を落とす。そして、視線をアベルへと定めた。

その視線の強さに、一歩アベルが引き下がる。

「さて、君はフローラの幼馴染だということだが……一体何の権限があって、彼女にあることないこと吹き込んでいるのかな？」

「……あることないことだなんて、全て事実です。僕は、フローラの幼馴染として彼女をあるべき場所に……」

「あるべき場所ねぇ……」

イヴァーノが、アベルの言い分を鼻で笑う。

「そのあるべき場所が、しがない領主の次男の妻となり、田舎の教会で歌を歌うことなのかい？」

「な……ッ」

しがない領主の次男と言われたためか、地元を田舎と貶められたためか、アベルがイヴァーノの言葉に顔色を変えた。

「たしかに君とフローラは幼馴染で気心も知れているだろう。しがない地方領主の次男に爵位が与えられるわけもなく、王都で文官になるか、実家の領地で代官の仕事に就くくらいだろう。わざわざフローラに帰郷を勧めると言うことは、おそらく後者なのかな」

「……ッ」

イヴァーノの言が図星であったためか、アベルが苦々しく言葉を詰まらせた。

「代官の夫を持つ聖歌隊所属の妻。田舎の領地は、優秀な聖歌隊が集まりにくいとも聞くから……ラポール国立音楽院を卒業したとなれば、これほどの適任はいないよね」

どうしたって名のある音楽院を卒業した卒業生たちは、高位貴族や裕福な領地にある教会や劇団に所属することを選ぶ。選考から漏れた者に、音楽院がそういう場所を勧めるからだ。そうなれば、どうしたって力を持たない領地の教会には、優秀な歌姫が行き渡らない。

「……何が悪いって言うんですか。うちの父は、フローラの進学にあたって支援をしたんです。その恩返しを求めたって決して悪いことじゃないでしょう」

キッと鋭い視線でイヴァーノを見上げたアベルが、開き直ってそう言い放った。しかし、そんな彼の反論も、イヴァーノによって一蹴された。

「支援ねぇ……それも高々旅費くらいだろう？　支援の金額で言えば、支援者たるわたしの方が、ずっと多くを出していると思うがね」

「……ッ」

「個人的な教師の手配、社交界に同伴する際の衣装や宝飾品、発表会やコンクールに出場するための衣装……他には何かあったかな？」

「……」

指を折って項目を挙げるイヴァーノに、アベルが悔しそうに顔を顰めた。しかし、その事実を否定することができないのか、悔し気に歯嚙みするばかりだ。そんなアベルを見下ろして、イヴァーノが彼を鼻で笑う。

「君の言い分が通用するならば、わたしがフローラを手に入れても問題ないということになるね」

「……貴方はッ！　きっといずれ侯爵位に見合う妻をどこかの令嬢から迎えるでしょう！　そんな身分で、フローラを愛人にするだなんて……いくら閣下でも許されることではありません」

アベルの口から飛び出した愛人という単語に、フローラの心臓がズキリと痛みを訴える。

「愛人だなんて酷いな。わたしは、独身だし、婚約者もいない」

「……ッ、でも、いずれは迎えることになるでしょう‼」

「どうして、その迎える妻がフローラだとは思わないのかな？」

「……⁉」

イヴァーノの言葉に、アベルだけでなく、フローラもまたその双眸《そうぼう》を見開いた。この騒動に聞き耳を立てていた周囲の人たちも、ざわざわと騒ぎ出す。

そんな周りの反応に、イヴァーノが眉根を寄せた。

「何をそんなに驚くことがある？　恋人同士なのだ、いずれ結婚の話が出てもおかしなことではないだろう？」

「貴方は、侯爵なんですよ⁉」

あり得ないとばかりに、アベルが声を荒げた。

「だからなんだ。貴族籍を持たない女性を妻に迎えてはいけないと？」

「な……ッ」

馬鹿馬鹿しいという表情で、イヴァーノがアベルを見下ろした。

「生憎とね、我が家の家系は妻の身分にはこだわらないんだ」

「……ッ、親族が許しても、周りが許さないでしょう‼」

「正直、煩い貴族連中が何を言おうと気にはならないのだけれどね。ただ、君は肝心なことをひとつだけ忘れているよ」

「……なんですか」

胡乱《うろん》な表情でイヴァーノを見上げたアベルに、彼が笑う。そして、アベルの耳に顔を寄せると、周囲には聞こえないように耳元で囁いた。

「フローラはね、夢物語ではなく『歌姫』になる女性だよ。ぽっと出の幼馴染は知らないだろうけれどね、彼女の実力は色々な場所で認められているよ。サロンでも、学内でも、コンクールでもね。フローラの現在を知らない君に、何を言う権利があるのかな？」

「……！」

アベルは、その事実を知らなかったのか、その真意を問いただすようにフローラを振り返った。フローラとしては、会話が聞こえないため曖昧に微笑むしかない。

「それに、貴族の端くれならば、知っているだろう？　『歌姫』っていうのは、ずっと身分が保証されているんだよ。王族の妻にでもなれるくらいね。彼女が『歌姫』になれば、煩い貴族連中も何も言えないだろうね」

「……ッ」

これ以上、言い返せないと思ったのか、アベルが顔を歪《ゆが》ませて踵を返す。その後ろ姿を見つめながら、イヴァーノがふぅっと疲労感を滲ませて嘆息した。

「思ったよりも呆気《あっけ》なかったな。あれで、代官としてやっていけるのか？」

「……」

代官の仕事は、領主に代わって領民たちを管理する仕事だ。彼の父の領地は田舎だが、それなりの広さがある。管理を任される土地の村長や町長に言い負かされてしまえば、管理運営に影響が出ると言いたいのだろう。

イヴァーノの心配も尤《もっと》もだと、アベルの後姿を視線で追ったフローラだった。ほどなくイヴァーノがこんな茶番は十分だとでも言うように、会場からフローラを連れ出した。

侯爵家の馬車に身を収めると、やり切れないとでも言うようにイヴァーノが溜息を吐いた。

「それで、フローラはどうしてあんな言葉に惑わされてしまったのかな？　まぁ、『侯爵様の歌姫になる』と言われたのはグッときたけれどね」

「それは……」

惑わされたのだろうか……と考えて、フローラは言葉に詰まる。それとは少し違う気がしたからだ。そんなフローラの反応をどう捉えたのか、イヴァーノが表情を曇らせる。

「あの幼馴染のことが、好きだった？」

「そんなことありませんッ！　彼は……アベルはただの幼馴染です」

同性の幼馴染の中には、年頃の少女らしく、アベルに恋をする子もいたが、フローラにとっては、彼はただの幼馴染。アベルを恋愛対象として見たことなど、一度もない。

何よりもフローラにとっては、歌が全てだった。ただ歌が上達することが嬉しくて、恋愛など二の次だった。

「じゃあ、どうして恋人のわたしよりも、ただの幼馴染の言葉を信じたの？」

「信じたというか……」

フローラにとっては、アベルの言葉を信じたわけではない。彼女自身も高位貴族であるイヴァーノの妻になれるなど、思ってもみなかったのだ。

言葉を詰まらせたフローラに、イヴァーノが溜息を吐く。

「わたしは、エリクの夜会で王女殿下に言ったはずだよ。この国は貴賤結婚を禁じてはいないし、我が家も歴代の侯爵夫人は平民出身だと。あれは、暗にフローラを妻に迎えることができるという意味だったのだけれど……」

「だって……わたしは、ただの恋人で……」

「ただの恋人じゃない。最愛の恋人だ」

「イヴァーノ様……」

眉を下げたフローラの頬に、イヴァーノの手がそっと触れる。

「あまり君に先の話をしては、不安になると思って明言しなかっただけで、フローラと恋人関係になってから、わたしはずっと君をいずれ妻にするつもりでいたよ」

「……！」

寝耳に水とは、正にこのことを言うのだろうか。驚きのあまり、フローラはその瞳を真ん丸に見開いた。そんな彼女の反応に、イヴァーノが苦笑を漏らす。そして、周囲に聞こえないように彼女の耳元で内緒話をするように囁いた。

「そのつもりで、準備もしてきた。大きな教会や聖堂には、うんと伝手をこの半年で作った。フローラがどこでも選べるくらいにね」

つまりそれは、どこかの教会や聖堂の聖歌隊に『歌姫』として所属させるということだ。御三家ほどではないが、名のある教会や聖堂は少なくない。当然ながら、実力でそういった場所の『歌姫』となる者もいるが、その一方でそうでない者も一定数いるのだ。

「そんな……でも、そんなことをすれば、また『歌姫』の地位をお金で買ったとイヴァーノ様が言われます」

「そんなこと、全然気にしないよ。金で解決できるならそれでいいじゃないか。誰が困るわけでもないんだ。ただ、もしもフローラが気になると言うなら……シエル大聖堂の『歌姫』になってほしい」

「!!」

「あそこは、どんなに頑張っても金では解決できないから。だからこそ、シエル大聖堂の歌姫は別格なんだ。フローラが自分の実力で、自力でその立場をつかみ取ってくれれば、誰もフローラを非難したりなんてできない」

「……」

それはそうだろう。だからこそ、シエル大聖堂を含む御三家の『歌姫』に選ばれることは、名誉なことなのだ。

「もちろん、そのためのバックアップならいくらでもする。新しい教師を増やしたいというのであれば、他にも教師を探そう」

「……イヴァーノ様」

「それとも……フローラは、わたしの妻になどなりたくないかな?」

その問いに、ふるふるとフローラは首を振る。

正直、結婚などまだ考えたこともない。でも、それでもわかるのは、イヴァーノ以外に一生を共にしたい相手などこの先決して現れないということだ。

「あとひと月もすれば、学内選抜が始まる。これも残念ながら、わたしでは力にはなれないから、自力で頑張ってもらうしかない」

「はい、もちろんです」

正直、フローラとて自分がシエル大聖堂の『歌姫』に選ばれるなど、夢のような話だと思っている。しかし、挑戦することはできるのだ。

「大丈夫だよ。フローラの讃美歌は、折り紙付きだ。このまましっかりと練習すれば、必ずうまくいく」

「……はい」

「まぁ、失敗しても、卒業後は好きな教会や聖堂を選ぶといい。その時は、諦めて金で買われた花嫁として、わたしの妻になってもらうしかないね」

冗談っぽくウィンクしたイヴァーノに、フローラは小さく噴き出した。

「……そうならないように、頑張ります」

「うん。よろしく頼むよ。未来の花嫁さん」

そう言って、イヴァーノは、フローラの唇に触れるだけの口づけを落とした。それは、まるで先の未来への誓いの様であった。

◇◇◇

それからは、周りが目を見張るほどの猛特訓の日々であった。

学内選抜は、御三家の他にもラポール国立音楽院と繋がりのある教会や劇場、私立楽団への推薦枠がある。学生は、数あるうちの一つだけしか選択できず、選抜への参加資格も当然ながらある。

そしてこの学内選抜は、当然ながら完全なる実力主義。家柄や寄付金に左右されることなく、純粋に成績と技能だけで優劣がつけられるのだ。唯一考慮されるのは、本人の特性のみ。

その特性に関しては、事前に教師と何度も面談を重ねるのだ。もちろん、担当教師の許可がなければ選抜に参加できないということはないが、長年学生を見て来た教師たちの目に狂いはない。

そしてフローラはといえば、シエル大聖堂の学内選抜に参加したいという希望を否定されることはなかった。少しばかり、他の教会の推薦枠の話もされたが、「長年の夢」だったのでという一言で、簡単に許可された。

課題曲は三曲。

みっちり連日のようにピアス子爵夫人と練習した甲斐もあり、課題曲は満点に近い結果を出した。成績に関しては、結果が出始めたのが最近ということもあり、コンクール等の入賞成績が少しばかり少ないのが難である。

とはいえ、なんとか滑り込みという形で、学内選抜を切り抜け、無事に受験資格を勝ち取ったのである。

「いやぁ、本当にシエル大聖堂の歌姫試験の受験資格を得るだなんて……愛の力は偉大ですね」

港町に結果とフローラからの手紙を届けに来たヒューゴは、しみじみとつぶやいた。

「愛の力だなんて目に見えないものじゃない。フローラの努力の結果だろう」

「いやぁ、でもこのひと月、お嬢さんの練習風景って何か鬼気迫るものがありましたもん」

「五人枠で、その中に入ったのであればなかなかのものだ。しかも、この顔ぶれを見れば、良く入れたものだ」

学内選抜の結果に記載された他の四名は、その誰もが社交界で名の知れた者ばかりだ。母親が、シエル大聖堂の歌姫だったという子爵令嬢と枢機卿の孫娘、王族の支援者がついている男爵令嬢と手広く商売をしている富豪の娘。

彼女たちは、当然ながら幼少期から英才教育を受けて育ってきた令嬢だ。だからこそ、この結果も当然と言えるだろう。そんな中にフローラが入ったというのであれば、快挙にも等しい。

他にも候補に挙がりそうな令嬢は少なくなかったのだ。

ヒューゴが、『愛の力』だと言いたくなる気持ちもわからないではない。

「とはいえ、タイミングが良かったな」

「あぁ、例の幼馴染ですか」

どこかフローラがよそよそしくなり始めた頃、イヴァーノは彼女の友人から手紙を受け取ったのだ。

――フローラを夜会に連れていく――。

今まで、フローラがイヴァーノなしに夜会に出たことはない。それをわざわざ友人に頼んでまでその夜会に出たいと言った彼女のお願いを聞き入れたはいいが、勝手に連れ出したとあっては問題になりかねないと、フローラに黙ってイヴァーノに連絡をくれたのだ。

「ウジェーヌ男爵令嬢には、感謝だな」

知らずに済んでいれば、一体どうなっていたことか……。

良くも悪くも、フローラは素直なのだ。相手の言葉をそのまま受け止め、聞き流すことなどできない。

イヴァーノにとっては、それは彼女の魅力の一つであるが、時としてそれによって身を亡《ほろ》ぼすこともある。

フローラの友人に夜会の場所を聞き出し、招待状を手に入れてみれば、幼馴染だという男と言い合うフローラの姿。そして、その男の勝手な言い分に、はらわたが煮えくり返る思いがした。

結局のところ、なんだかんだと言って、あの幼馴染はフローラに惚れていたのだろう。そして、彼女を過小評価して、ちょっと歌が上手いだけの幼馴染だと思い込んでいたのだ。フローラが離れている間に、どれほど成長したかなど知らずに……。

そもそも、ラポール国立音楽院は、ちょっと歌が上手い程度で入学が許可される学校ではない。あの場所は、国が税金を入れてまで才能ある若者を育てる場所なのだ。結果的に花開かなければ、国としても投資する意味がない。

あまり知られてはいないことだが、ラポール国立音楽院を卒業した学生が、地元に戻って私塾を開くことや、田舎の教会で聖歌隊に入ることなど不可能だ。

学費がかからないということは、その分を技術で支払う義務が生じる。必ずどこか別の教会や修道院に派遣されることになるだろう。

それがどこの場所であるかは、その時々の寄付金の多さで決まる。もちろん、その寄付金を音楽院に支払うのは、その教会や修道院を支援する貴族達だ。大抵は、その地の領主であることが多い。

それでも決まらなかった場合は、王領にあるいずれかの教会に所属することになる。

フローラがシエル大聖堂の歌姫になれず、イヴァーノが選んだ教会で歌姫をすることになれば、その寄付金はイヴァーノが支払うことになるのだ。

とはいえ、それくらいで彼女が歌姫として名声を得ることができるのであれば、安い買い物である。

そもそも、バカみたいな金額を毎年寄付しているイヴァーノに、学院側も何も言うこともできまい。

「おかげで、彼女から結婚の承諾も得られたと思えば、安い買い物だ」

ふっと小さく笑ったイヴァーノに、ヒューゴが呆れた視線を向ける。

「……どこの悪徳商人の発言ですか」

「仕方あるまい。彼女が身分差に壁を感じていたのだから。正面から婚姻を申し込んでも、なんだかんだと理由をつけて受け入れてもらえなかっただろう」

「まぁ、侯爵様なんて一平民からすれば雲の上の人ですからねぇ」

特に、フローラのような貴族社会に明るくない平民にとっては、爵位持ちであるというだけで違う世界だと認識される。これが野心溢れる商家の娘であれば話は違ったかもしれないが、彼女は田舎の食堂の娘でしかない。貴族とは、店にお忍びでやってくる金払いのいい客程度の認識だろう。

「昔は、そうでもなかったのだがね……」

イヴァーノとて、幼少期は爵位しかない没落貴族として辛酸を舐めたのだ。今でこそ富豪だなんだと言われるが、性根の部分では変わっていない。

「でもきっと、イヴァーノ様が没落貴族だった方が、受け入れてくれたかもしれませんよ？」

ヒューゴの軽口に、一瞬考えてイヴァーノは頭を振ってそれを否定した。

「……それでは彼女に支援できないから意味がない」

「たしかに」

「なかなかままならないものだな」

やれやれと溜息を吐いたイヴァーノに、ヒューゴが苦笑する。

「結果的にいい方向にまとまって良かったではありませんか」

イヴァーノは、妻にしたいという女性を得ることができた。それは、侯爵家に連なるものとして喜び以外の何ものでもない。特に、彼の辛い時代を共に過ごしてきたヒューゴにとっては、なおさらだ。

「……そうだな」

満足げに口の端を上げた主人の姿に、彼もまたその瞳を細めた。自然と頬が緩む。

「では、ご結婚は五年後に？」

どこの教会に所属して『歌姫』として活躍するのかは別として、五年は縛られることになる。五年間正式に『歌姫』として活動をしなければ、正式な『歌姫』とは認められないのだ。

結婚するとなれば、その後になるだろう。

「あぁ、予定しておいてくれ」

五年後のその時を想像しているのか、イヴァーノがふっと小さく笑った。その表情は、いつになく満足げだ。

「かしこまりました」

そんな主の姿を嬉しく思いながら深く頭を下げたヒューゴに、イヴァーノは口の端を上げた。

◇◇◇

シエル大聖堂の歌姫試験を一月後に控えたその日、ラポール国立音楽院では、卒業式典が開かれた。

卒業生は、全部で二十三名。

誰も彼もが各々の将来を決める試験を前に緊張しピリピリする中、この日ばかりは別れを惜しみつつ、健闘を祈り合った。

フローラも、イヴァーノが見守る中、歌姫試験の課題曲である讃美歌二十八番を披露した。その出来上がりは大層素晴らしく、盛大な拍手でもって観客に受け入れられた。

そんなフローラの姿を、特別観覧席から満足げにイヴァーノが見つめる。

文句なしに、今日の彼女の歌は素晴らしかった。連日、学院でも侯爵家でも教師につい
て猛特訓しているだけのことはある。
今日で学院は卒業するが、フローラはこのまま学院に残ることになっている。期間は、
歌姫試験が行われる日までだ。
イヴァーノは、寮を引き払い、侯爵家に身を寄せることを提案したが、彼女が頑として
受け入れなかった。もちろん、この後も学院での練習は続く。だからこそ、このまま残る
と言ったのは彼女の言だ。
とはいえ、これから一月は、引き続き毎日侯爵家にも通うことになっている。ピアス子
爵夫人もオベール夫人も、フローラが選抜試験を突破した時から、今まで以上に力が入っ
ているのだ。
歌姫試験を応援したい気持ちは、イヴァーノも当然あるが、仕方ないとはいえ少しばか
り寂しいものがある。
「それも、あとひと月の辛抱だがな……」
ぽつりと漏らした独り言に、隣に座っていた理事の一人が、不思議そうにイヴァーノに
視線を向ける。それに気がつかないふりをして、イヴァーノは座席に背を預けた。
「……フローラ」

式典も終わりを迎えた頃に、会場の端でフローラは声をかけられた。

「アベル……」

しっかりと正装をした彼は、その手に小さな花束を抱えていた。

「この間は……ごめん。本当は、あんな言い方をするつもりはなかったんだ……ただ……」

言葉を詰まらせた彼に、フローラは眉を下げた。

「もういいわ。悪気はないって、わかっているから……」

「フローラ！」

「でも、これ以上は侯爵様のこと悪くは言わないで。あの方は、本当にわたしによくしてくださるの」

「……わかったよ。もう何も言わない。それに、僕ももう領地に帰るしね」

「……！　アベル、貴方帰るの？」

「あぁ、寄宿学校も卒業したから、実家に戻って兄さんの仕事を手伝うんだ」

「……王都で文官になる夢は……」

幼少期に、歌姫になりたいと言ったフローラに、アベルは文官になって王城で働きたいと言っていたはずだった。

「僕ぐらいの実力じゃ、文官登用試験は受からないよ」

アベルが自嘲するように苦笑する。

文官登用試験は、非常に狭き門である。貴賤問わず優秀な者を集めるための試験は、ただ寄宿学校を卒業したというだけは合格できない。貴賤が問われないということは、平民にとって魅力的な職場だ。

優秀な学生は挙ってそこを目指すため、地方からの合格者の方が多い年もあるという。

「……そう」

「フローラは、シエル大聖堂の歌姫試験の選抜試験に合格したんだってね、おめでとう」

「……ありがとう」

「幼馴染が、それほどの実力を持っていたなんて知らなかったよ。それなのに、あんな失礼なことを言って、悪かった」

本当に申し訳なさそうに頭を下げたアベルに、フローラはブンブンと力いっぱい頭を振った。

「……もう、そのことはいいの」

フローラの現状を知らないアベルが、噂を聞けばそう邪推することは仕方のないことだ。わかってもらえたのであれば、それ以上フローラが言うことはない。

「相変わらず、フローラは優しいね……」

「そう？　そんなことないと思うけれど……」

「優しいよ……」

「……」

「あ、これ、卒業おめでとう」

そう言って、アベルはフローラに手にした花束を差し出した。

「ありがとう」

「それと、これは……リーヴァの町の先生から……」

そう言って、アベルが懐から取り出したのは、可愛らしい瓶に入った透明な液体だ。

「先生？　今、体調を壊されて入院されていると聞いたのだけれど……」

そんな内容の手紙を母から受け取ったのは一年ほど前のことだ。元々病気療養にリーヴァの町に滞在していたため、残念だけれど仕方がないというような内容だったはずだ。

「らしいね。僕も父さんから聞いたよ。それは、父さんにフローラが選抜試験に受かったって報告したら、先生から頼まれた。喉に良いらしくて、お茶に混ぜて飲むらしい。民間療法の類だけど、効果があるから、買って渡してほしいって言われたそうだ」

「……領主様と先生が」

先生の私塾からラポール国立音楽院に入学できたのは、フローラ一人だけ。アベルの父である領主や先生も喜んでくれると嬉しい。

「……じゃあ、僕はちゃんと渡したから。頑張ってね、歌姫試験」

「うん、ありがとう」

幼馴染の気安さで礼を言えば、薄く笑ったアベルが踵を返した。

その日の晩、その瓶の中身を試してみたフローラを襲ったのは、焼けるような喉の熱さと、声を出すと痛む喉の症状であった。


早朝の時間帯に扉を凄い勢いで叩く音で、侯爵家の使用人は何事かと扉を開け、そして扉の前に立つ少女の姿に眉を寄せた。

「……ご令嬢、一体何事ですか。ここは、トゥーリオ侯爵家の……」

「そんなことは知っているわ！　いいから、早く侯爵様を出して‼　フローラがッ！　フローラが大変なの‼」

大声で声を上げたクリステルに、使用人が何人も顔を出す。

「フローラ様……ッ、フローラ様に何かあったのですか？」

「だから、そう言ってるじゃない！　とにかく一大事なの！　早く医者に見せないと……ッ‼」

一部の使用人が、彼女の言葉に慌ててイヴァーノを呼びに行く。

「何事だ？」

ラフな格好で玄関ホールに姿を見せたイヴァーノに、クリステルは椅子から慌てて立ち上がった。

「……！　侯爵様ッ‼」

「……君は、ウジェーヌ男爵令嬢か。フローラに何があった」

彼女がわざわざトゥーリオ侯爵家にやってくるなど、フローラのことしかない。何かトラブルかと問いかけたイヴァーノに、クリステルが取《と》り縋《すが》った。

「今朝あの子の部屋に行ったら、凄い熱で魘《うな》されていて……しかも、声が出てないみたいで……」

「……！　誰か医者をッ！　それから、至急学院長に連絡を取ってくれ‼」

イヴァーノが、学院長に許可を得て、医者を連れて寮へ向かえば、そこには、ぐったりと寝台に臥《ふ》せるフローラの姿が目に入る。

「フローラッ‼」

イヴァーノの声が聞こえたのか、一瞬瞳を開けると、痛まし気に涙を流し、はくはくと息を継ぐように口を開く。しかし、その口から声が出ることはなく、漏れ出るのは空気のみ。

フローラの手を握ったイヴァーノの横で、医者がテキパキと症状を確認していく。

喉の爛《ただ》れによる発熱。

「……完全に喉が焼《や》け爛《ただ》れていますな。病気の類ではありますまい。何か特殊なものを口にされませんでしたかな？」

　医者の問いに、クリステルはわからないと頭を振る。

「今朝は、早くから一緒に練習しようと話していたのですが、ちっとも部屋から出てこないので勝手に部屋に入ったんです。そしたら……」

「彼女が苦しんでいたと」

　クリステルは、その問いかけにこくりと頷いた。

「昨夜変わったことは？」

　それには、首を横に振る。昨夜は、卒業式典ということもあり、クリステルは実家に戻り家族と過ごしていたのである。フローラと顔を合わせたのは、式典の時が最後である。

「あの……これは、なんでしょうか？」

　そうおずおずと声をあげたのは、イヴァーノと共に様子を見に来たサラである。その手には、可愛らしい小瓶が握られていた。

「それは？」

「そこのサイドテーブルに、カップと共に置かれていたものです。おそらく、昨夜召し上がられたのではないでしょうか」

　サラの発言に、イヴァーノが顔を顰めた。

　医者がサラからその小瓶を受け取ると、蓋を取って匂いを嗅ぐ。

「梨糖蜜のようですね」

「梨糖蜜?」

「ええ、喉に良いとされているものですね。喉の痛みに効くのですよ」

「それは、体に害があるものなのか？」

「まさか！　ただの糖蜜です。民間療法の一種ですよ。おそらく、ここに何かを仕込まれたと考えるのが妥当でしょうね」

　そう言うと、医者は成分を調べてみると言って小瓶を鞄《かばん》へと仕舞《しま》った。

「いちばんの問題は、これを誰からもらったかですね」

　何か聞いていたりはしないかという医者の問いに、クリステルは力なく首を振った。この日ばかりは、フローラの傍にいなかったことが悔やまれる。

「ということは、彼女の容体が落ち着いて話せるようになるまでは、何もわからないということでしょうね」

　そう言って、医者は解熱剤と鎮痛剤を処方すると、また明日様子を見に来ると言って帰っていった。

　今、フローラは薬によって眠っている。

　当然ながら、経口摂取は不可能で、医者が点滴を投与していったのだ。依然として熱はまだ高く、呼吸は荒い。

「……フローラ」

イヴァーノは、寝台の横に腰を下ろして彼女の手を握った。こんなことになるのであれば、卒業式典が終わって早々に侯爵家に連れ帰れば良かったと後悔が募る。練習があるから寮に残ると言った彼女を説き伏せて、侯爵家から通わせれば良かったのだ。

そうすれば、怪しげな糖蜜など口にしなかったのではないか……。

そんなたらればばかりが頭を過って、イヴァーノはため息交じりに頭を振った。

「悪意に曝されたとはいえ、命に別状がなかったことを喜ぶべきなのだろうな……」

「すみません、わたしがもっと早く気づいていれば……」

クリステルが、悔し気に唇を噛んだ。

「いや、これればかりはどうしようもないことだよ。すぐに連絡をくれて助かった。我が家まで来るのは、大変だったろう？」

「実家が比較的近いので、それは問題ありません」

クリステルの実家であるウジェーヌ男爵家の別邸は、ラポール国立音楽院からほど近い場所にある。彼女の足で歩いてもものの数分の距離だった。

それゆえに、クリステルはフローラの異変に気が付くと、慌てて実家にとって返して馬車を侯爵家まで走らせたのである。

「この礼は、必ずさせてもらう」

「お礼なんて……」

「いや、貴女が気づかなかったら、どうなっていたことか。本当に恩に着る」

イヴァーノに真摯な瞳で見つめられて、クリステルはその表情を少しだけ緩めた。

「フローラは、わたしの友人ですから。それよりも、それほど侯爵様がフローラのことを案じてくださって、友人として嬉しく思います」

「わたしもだよ」

少しだけイヴァーノも頬を緩めると、フローラへと向き直った。

「おそらく二、三日はこの状態が続く可能性が高い。貴女も歌姫試験を控える身だ。フローラのことはわたしに任せてそちらに注力しなさい」

「……ッ、はい」

クリステルは、イヴァーノの背中に一礼すると、そのままフローラの部屋を出る。後ろ髪を引かれる思いはあったが、ここでクリステルが練習に身が入らず歌姫試験が散々な結果になれば、確実にフローラが悲しむ。

扉が閉まる音が聞こえて、イヴァーノはクリステルが部屋を出たことを知る。それと同時に、握ったフローラの手を額に当てて、盛大な溜息を吐いた。

「……どうしてこんなことに」

なぜフローラがこんな目に遭わないといけなかったのか……。フローラが、いったい何をしたと言うのだろう。

サラが声をかけるまで、イヴァーノはそのまま動けずにいた。

結局、フローラの熱が下がったのは、それから三日後のことだった。焼けてしまった喉から声が出ることはなく、フローラとイヴァーノを絶望の淵《ふち》に叩き落としたことは言うまでもない。


「やぁ、よく来たね、イヴァーノ。今日はどうしたんだい？」

ヒース公爵家を訪れたイヴァーノは、家の主であるエリクに迎え入れられた。通された応接室で、イヴァーノは、机の上に可愛らしい小瓶を置いた。

「……これは？」

「……闇取引されている、劇薬らしい」

イヴァーノの回答に、エリクが顔を顰めた。

見た目は市井で普通に売られている糖蜜の小瓶であるが、その中には喉を焼き声を出なくさせる劇薬が混ぜられている。薬自体に匂いはないため、気づきにくい。

「どうしてそんなものが……」

エリクとて、その手の薬が存在することは知っている。年に数件、有名女優や歌姫がその被害にあって声を失っているのだ。とはいえ、国を挙げてその元締めを追ってはいるが、未だ取り締まれてはいないのが現実だ。

「フローラが、これを飲んだ」

思わぬ回答に、エリクはその瞳を見開いた。

歌姫を目指すフローラにとって、声は何よりも大切なものだ。しかも、この歌姫試験の直前の時期にである。

「……なぜ？」

「幼馴染に、彼女の恩師からだと言われて渡されたようだ。喉に良いからと……」

「……まさか」

「当然ながら、それは真っ赤な嘘だ。一口含めば喉を焼き、声を出せなくする代物だ」

「……なんでそんなものを、彼女の幼馴染が」

「歌姫試験を阻止したかったからだと……」

フローラが筆談で語ったのは、幼馴染の父親が、恩師から依頼されたもので、幼馴染はただ彼女に渡す役目だったとのことだった。

しかし、確認すれば、彼の父親は全く関知せず、恩師もすでに病状が進行し、話せる状態ではないと言う。

「幼馴染だったのなら、親しい間柄なのだろう？　どうしてそんなことを……」

「彼女が試験を受けられなければ、地元に戻ってくると思ったと……」

吐き捨てるように口にしたイヴァーノに、エリクがぎょっと目を見開いた。

「いやいや……そうかもしれないけれど……歌えない歌姫なんて地元に戻っても困るだろうに……」

「短期間だけ、声を出なくさせるものだと言われたらしい」

「……言われた？　他に、共謀した人間がいるってこと？」

エリクの顔色が、変わる。

「あぁ、枢機卿の孫娘だ。彼女が劇薬を手に入れて、幼馴染経由でフローラに飲ませるように仕向けたようだ」

「……枢機卿の孫娘って、もしかして今年フローラさんと一緒に歌姫試験に臨む？」

「あぁ」

苦々しく頷いたイヴァーノに、エリクは頭を抱えた。とんだスキャンダルである。

「……それが事実なら、とんでもないことになるぞ？　シエル大聖堂の歌姫試験は、不可侵であるべきにもかかわらず、枢機卿の孫娘が絡んでいれば、根底から試験内容が疑われかねない」

これで、その孫娘が歌姫試験に合格したとすれば、何かしらの作為的なものがあったと捉えられる可能性もあるのだ。

「だからこそ、お前の力を借りたい」

何がだからに繋がるのか理解できなくて、いつになく真面目な表情のイヴァーノに、エリクは首を傾げた。

「それをネタにして大聖堂に揺さ振りをかける」

「揺さ振り⁉」

さらりととんでもないことを口にしたイヴァーノに、エリクは瞳を見開いた。しかし、そんな彼を気にすることなく、イヴァーノは淡々と説明を続ける。

「本当に孫娘が絡んでいたかは重要じゃない。孫娘が今年の受験者で、フローラの幼馴染とかかわりがあった裏までは取れている」

「ちょっと待って！　だからといって、声の出ないフローラさんを試験に捻《ね》じ込《こ》むなんて不可能だからね！」

後ろ暗い事があるのなら、それをネタに脅しをかけるにしても内容が内容である。御三家の試験は、不可侵なのだ。当然ながらそんなことがまかり通るはずもない。

絶対無理だと叫べば、イヴァーノがエリクに呆れたような視線を寄越す。

「そんなことは望んでいないさ。あくまでも、フローラ自身が自力で歌姫の地位を勝ち取ることに意味がある」

「それならどうしろって……」

「シエル大聖堂の橋を架け替えたい」

「……ん？　橋の架け替え？」

歌姫試験とは全く関係のない話に変わって、エリクは首を捻《ひね》った。

もちろんシエル大聖堂の橋はわかるし、そろそろ架け替えが必要になっているのも理解している。それが、どうして今年の歌姫試験に繋がるのかが理解できなかったのである。

「あの橋は、だいぶ老朽化が進んでいて問題になっていただろう。このタイミングで全て壊して架け替えをしたい。もちろん、その金は全てわたしが払う」

「……ちょっと待って！　橋を架け替えたって、試験日は変わらない……」

既に試験日は決まっているのだ。そんな餌をぶら下げたからといって、シエル大聖堂側も面子がつぶれるようなことはしないだろう。

そんなエリクの思考を他所に、イヴァーノが人の悪い笑みを浮かべた。

「あの橋を壊してしまえば、シエル大聖堂への道は海路しかなくなる。その状態で歌姫試験を開催するのは、現実的ではない」

「それは……まぁ……」

陸地から大聖堂までは一本道。その唯一の道が、老朽化した橋なのだ。

受験者と招待客を合わせれば、それなりの人数になる。それに加えて、招待客も教会関係者も高齢の人が多いことを加味すれば、舟での移動は無理が生じる可能性があった。

「別に、シエル大聖堂にとって損をすることは何一つないはずだ。長年問題となっていた橋は架け替えられる。ただちょっと今年の歌姫試験の開催日と開催場所を変えるだけでな」

「……開催日を替えたからといって、フローラさんの喉と声が戻る見込みはあるのかい？」

フローラの喉が治らなければ……それもただ治るだけでなく、元の状態にまで戻らなければそこまでの資金を投入して開催日と場所を変更しても意味がない。そんなエリクの懸念に、イヴァーノは問題ないと力強く頷いた。

「あの薬は、本当に一時的に声を出せなくさせるものらしい。飲んだ量的にも、一月もすれば元に戻るというのが、医者の見立てだ」

「一時的……さすがに、幼馴染君も永遠に声を奪うことには加担できなかったってことかな？　それとも劇薬を準備したのが彼の孫娘であるなら、同じ歌姫を目指す学生として心苦しかったか……」

「さぁな」

犯罪者の思考なんて理解できないと、イヴァーノは肩を竦めてみせた。

「それで、僕は一体何をすればいいんだい？」

「名前を借りたい。橋の架け替えという名誉は、全てヒース公爵の名で。第五王子が出てくれれば、『否』とは言えないだろう」

それに、フローラがこんな状態になっている以上、イヴァーノの名で行えば、私利私欲で歌姫試験に干渉したと言われかねないからだ。

「ふむ……」

一瞬考え込んだエリクが、にっこりと笑った。

「いいよ。ただ、僕だけじゃなくて、王家を巻き込もう。提案者は、父にして僕が賛同者を集めたことにする。その代わり、大半の費用はトゥーリオ侯爵家からということに。調整は、請け負うよ」

「……助かる」

「大した労力じゃないよ。こういう楽な仕事は、僕も王家も大好きなんだ」

そうエリクが言い切った通り、とんとん拍子に話は運んだ。

開催日と開催場所をずらすことについて、枢機卿の孫娘の一件を黙秘することで三か月後ろ倒しにし、開催場所も橋の架け替えが終了するまでは、王都の大聖堂で行われることになった。

その間、フローラは侯爵家にて手厚い看護を受けることとなり、医者が明言した通り、一月ほどで再び声が出るようになった。

そこから二か月は、少しずつ練習を始め、最終的には、元通りの状態に戻すことまでできたのは、奇跡と言われたほどだった。

王都の大聖堂。

ここは、シエル大聖堂に次ぐ聖歌隊の聖地である。

今年の歌姫試験は、王家主導によるシエル大聖堂の老朽化した木製の橋の架け替え事業のために、急遽開催日と開催場所が変更された。突然の変更に、難を示した教会関係者もいたようであるが、老朽化した橋で王族が怪我《けが》を負ったことが理由だと言われれば、それ以上何も言えずに引き下がることとなった。

そんな理由もあり、今年の歌姫試験は、招待客が例年よりも多く招待されていた。当初より招待されていた客に加えて、この橋の架け替え事業に賛同した者たちが多く招待されていたからである。

王都の大聖堂は、シエル大聖堂に比べてずっと広い。それゆえに、国王陛下を筆頭に王族が顔を連ね、多く資金提供に賛同した資産家たちも顔を合わせていた。その中には、初めてシエル大聖堂の歌姫試験に招待を受けたという者も少なくない。

試験の準備が整うと、祭壇の前に大司教を含む司祭たちが姿を現す。まずは芸術と音楽の女神に祈りを捧げて、適切な歌姫が選ばれることを祈願する。

大司教が祈りを込めて聖水を振り撒《ま》けば、ステンドグラス越しに届く光に反射して、水滴がキラキラと輝いた。非常に幻想的な光景である。

その後は、受験生が一堂に整列し、讃美歌を歌う。その中にフローラの姿を見つけて、イヴァーノは僅かに目を細めた。

受験生たちは、みな同じシンプルな白い服を着ている。丈は足首まで長く、装飾の類は一切ない。その中であっても、不思議とイヴァーノにはフローラが輝いて見えた。

フローラがこの日のために、どれほど血の滲むような努力をしてきたかをイヴァーノは知っている。不当に貶められても、こうしてこの場に立つことができた彼女が、非常に誇らしかった。

シエル大聖堂の歌姫試験は、讃美歌二十八番を歌う。誰にとっても最も馴染み深く親しみやすい歌。そして、女神を讃える歌は、シエル大聖堂に最も相応しい。

不思議と気持ちは落ち着いていた。

どれほど聴衆がいようとも、その中にとても高貴な人がいようとも、フローラの視界に入るのはイヴァーノだけ。僅かに視線が合わさったような気がして、フローラは仄かに頬を緩めた。

讃美歌二十八番。それは女神を讃える歌。

アリアガステでの静謐な空気を思い出す。

讃美歌に感情はいらない。そこにあるのは、信仰心だけ。

フローラは、ステンドグラスから差し込む光を背に、歌い上げる。高く、そして時には低く響く旋律。その繊細な音楽は、くるりくるりと大聖堂内を取り巻いていく。

朗々と歌い上げて瞼を上げると、こちらを真っすぐ見つめるイヴァーノが力強く頷いた。

それと同時に、盛大な拍手が響き渡る。


――あぁ、歌い切ったのだ。


じわじわとその実感が湧き上がってくる。どこか何かに解放されたような満足感と充実感に、フローラは頬を緩めた。

全力を出し切った。

今までで一番良い出来だった自負もある。

だからこそ、もしこれで受からなかったとしても残念に思うかもしれないが、後悔はなかった。

ひとつだけ心残りがあるとすれば、どうせなら一度くらいシエル大聖堂で歌ってみたかったということだけ。


しかし、フローラのその望みは、程なくして叶うことになった。

フローラは見事にシエル大聖堂の歌姫に選ばれたのだ。

6. 歌姫のたまご、海運王の手を取る

シエル大聖堂の歌姫の生活は、とても厳しいことで有名である。

歌姫となった初めの一年は、シエル大聖堂にて修行の日々。

早朝から起きだして、朝の礼拝に聖歌隊として参加し、その後は見習いの司祭に交じって大聖堂内の掃除を行う。午後が過ぎれば、交代で女神に讃美歌を捧げながら、残りの歌姫は年嵩《としかさ》の歌姫について練習を行う。

夕刻の礼拝に聖歌隊として参加し、夜は早々に眠りにつく。

とても優雅な生活には程遠い暮らしである。

二年目以降は、巡礼の毎日だ。

国内に多くある教会や聖堂、修道院を回り、歌姫として礼拝に参加し、その地の人々に歌を届けるのが役目である。

フローラも、二年目からは巡礼の旅に参加している。

列車で行ける場所は列車を使い、駅から馬車を使うことも少なくない。都市部ならばま

だしも、辺境地ともなれば、それなりの日数を要する。体力的にも決して楽とは言えず、それなりにハードな日々を過ごすことになる。

一月に一か所、年に十二か所回るのだ。

巡礼には、歌姫一人と司祭が一人。それに護衛騎士が二人つく。この四年間の間で、司祭とも護衛騎士とも自然と親しくなった。

月末には次の巡礼地が決まり、同行者も同じく決まる。

フローラは、そのタイミングで、必ずイヴァーノに手紙を出した。次の巡礼地を伝えるためだ。

余程のことがない限り、イヴァーノはその場所へやって来てくれる。少なくない寄付金と共に礼拝に参加して、フローラの歌を聴いていくのだ。

そんなことをしていれば、自然と有名になるわけで。

歌姫になる前は、あれほど『愛人』だと揶揄されていたのにもかかわらず、毎月必ずフローラの巡礼の地に足を運び、フローラの歌を聴く。

そんな姿が、あれは『信奉者』なのだと言われるようになった。

フローラは、イヴァーノに囲われる者ではなく、慕われる者なのだと。

そして、何よりも、巡礼を通じて彼女の歌姫としての固定ファンは増えていき、都市部の大きな教会や聖堂の礼拝では、見知った顔をよく見かけるようになった。

そんな生活を四年続けた歌姫最後の年、フローラは見事アリアガステの祭りの歌姫に選ばれた。

それには、フローラの家族も彼女の姿を見に訪れ、その場は大いに沸いたことは言うまでもない。リーヴァの町出身の、シエル大聖堂の歌姫がやってきたのだ、盛り上がらないはずがない。

そしてその半年後、惜しまれつつも、フローラは歌姫を引退した。

方々の大きな教会や聖堂から声がかかったものの、フローラはその全てを辞退した。

そしてそれと時を同じくして、シエル大聖堂の石橋が新たに完成した。

莫大《ばくだい》な費用と人を投入して最先端の技術で造られたそれは、荘厳で素晴らしいものであった。

橋の架け替えについては、王家からということになっているが、寄付金として多額の費用をトゥーリオ侯爵が担ったことは、公然の秘密となっていた。

そして、その多大な貢献へのシエル大聖堂からの感謝の証として、フローラの卒業と同時に、この場所で二人の結婚式が行われることになった。

ステンドグラスから日差しが差し込み、キラキラと新郎新婦を照らす。シエル大聖堂の大司祭が執り行ったその結婚式には、王家を始めとした有力者が軒並み参列した荘厳なものであった。

晴れて夫婦となった二人は、この日のために特別に仕立てられた馬車で、新しく架かった石橋を渡った。

◇◇◇

その日、二人は六年前に支援者と被支援者として滞在した、シエル大聖堂にほど近い高級宿に宿をとった。

当時は、別の部屋であったが、今日は当然ながら同室である。

最高賓客室と呼ばれるその部屋は、結婚したばかりの新婚夫婦を受け入れるのに最適であった。

宿に到着すると、専用の食堂でイヴァーノと二人食事をとる。

食事が終われば、サラに浴室へと促され、この日のためのドレスを脱がされた後、丁寧に磨かれ、透け感のある特別な夜着を着せられた。

「……サラさん、これ……」

己の姿を見下ろして、フローラは僅かに頬をひきつらせた。

「本日は、初夜でございますから」

「……初夜」

当然と言えば当然なのだが、フローラとイヴァーノは、既に体の関係を持っている。今さらではないかという気持ちが顔に出ていたのか、そうではないとサラが頭を振った。

「今夜は、旦那様が奥様をお迎えになった大切な日でございます。それも、ずっと旦那様は、この日を心待ちにしておられました。こうして名実共にフローラ様を奥様としてお迎えになったこの日を、初夜と呼ばずになんと呼びましょうか……」

「う……はぃ……」

力の入る彼女に何かを言えるはずもなく、気恥ずかしい気持ちのままフローラは諦めて頷いた。

薄暗い寝室を、キャンドルの灯《あか》りが仄かに照らす。

室内には、イヴァーノの姿はまだない。

明日の朝、遅い時刻に顔を出すと言って退室したサラを見送って、フローラはガウンの前をぎゅうと握った。緊張しないわけがない。

こうしてイヴァーノと体を重ねるのは、実に五年ぶりだ。

シエル大聖堂の歌姫であった期間は、当然ながら休みなどない。もちろん、体を休めるための日は存在するが、それも大聖堂の中での話だ。

個人的な時間を恋人と過ごすことが許されるはずもなく、フローラは、イヴァーノとプラトニックな関係でいたのだ。

その間に、不安にならなかったかと言われれば、答えは「否」であるが、それ以上に安心感も与えてもらっていた。

毎月のように届く手紙と細やかな贈り物。巡礼に出れば、かならずその礼拝に見つけることができるイヴァーノの姿。

そこまでされて、愛されていないと思う方がおかしいのだ。

もちろん、同行する司祭や護衛騎士に揶揄われることもあるが、それもまた恥ずかしい反面嬉しくもある。

恋人でありながら、正式ではないものの婚約者である状態。そして、それを関係者の誰もが知っていた。

かちゃりと音がして、扉が開く。

そして、人の気配と共に、フローラは背後からそっと抱きしめられた。

「……フローラ」

甘く響く低い声。

耳元で囁かれたそれに、体が甘く疼《うず》く。

「……やっとだ。やっと、手に入れた……」

ぎゅっと力強く抱きしめられて、フローラはその手を握った。

それは、フローラもまた同じ気持ちだった。

シエル大聖堂の歌姫であった期間は、とても貴重な時間であったけれど、それと同じだけイヴァーノが恋しかったのもまた事実だ。

辛く苦しい時も、彼の支えがあるからと頑張ってこられたのだ。

くるりと彼の腕の中で体の向きを変えると、フローラは腕を彼の首に回して抱き着いて、そのまま唇を奪う。

重なる唇に、胸に熱い思いが広がる。

「フローラッ!!」

フローラの後頭部に手をやって、イヴァーノが深く口づける。獰猛《どうもう》な彼の唇と舌が、フローラの口内を暴いた。

濡れた音が、室内に響く。

何度も角度を変えてはお互いに啄《ついば》み、舌を擦り合わせてお互いの存在を確認する。

イヴァーノの手が、フローラの体をなぞり、ガウンのあわせから手を入れて肩から滑り落した。

彼の眼前に晒されたのは、清純さは残しつつも妖艶さを醸し出す夜着。

キャンドルの灯りに照らされて、それはさらに淫靡《いんび》に映る。

「……美しいな」

その姿を余すところなく焼き付けようと視姦するイヴァーノに、たまらずフローラは身じろぎした。

「……あまり見ないでください」

「どうして、まるでわたしに捧げられた贈り物のようではないか」

イヴァーノが、胸元のリボンに手を伸ばす。

それをするりと引けば、艶《なま》めかしい肢体が露わになる。

当然ながら、下着の類は一切ない。

豊かな双丘と細い腰、魅惑的な体がそこにはある。

弾かれたようにフローラを抱え上げると、イヴァーノは、そのまま彼女を寝台に横たえた。そして己の夜着を脱ぎ捨てると、薄い紗のカーテンを下ろす。

ぼんやりとした灯りが僅かに差し込む寝台の上で、イヴァーノは貪るように口づけた。

大きな掌が豊かな乳房を揉みしだく。彼の手によって形を変えるそれは、とても卑猥だ。

乳房の先端を口に含み、じゅっと吸い上げられる。そして反対はといえば、指で捏《こ》ねられ、摘ままれ、ぐりぐりと弄られた。

それだけでもじりじりと熱が溜まる。

時折、ちゅっという音と痛みを齎《もたら》して、イヴァーノがフローラの肌を吸う。白い肌に紅《あか》い花を咲かせて、満足そうにその場所を舐めた。

悪戯な唇は、乳房から腹へ、そして大腿へと下りていく。

彼の手によって大きく開かされた足の秘められた場所にも、そのまま吸い付かれた。

「やぁぁ……んッ」

たまらずフローラは声を上げる。

記憶にあるよりも、幾分か性急な行為に、フローラの頭が混乱する。

その間も執拗に花芽を舐められ、吸われてフローラは声を上げ続けるしかない。

イヴァーノの長い指が隘路に差し込まれ、既に濡れ始めたその場所を行ったり来たりする。フローラのいい場所を探り当てた彼の指が、その場所を執拗に攻めれば、フローラは力なく首を振るしかない。

じゅぶじゅぶぴちゃぴちゃと卑猥な音が響く。

ひと際強く花芽を吸われ、僅かに歯を立てられれば、フローラは甲高い声を上げて早々に達した。その拍子に、彼の指を強く食いしめる。

すぐさま引き抜かれた指の次に、剛直が宛がわれ、落ち着く暇もなくその中を暴かれる。

「あぁぁぁぁぁ……ッ‼」

大きなものがずぶずぶとフローラの中を犯していく。

その待ち望んだ刺激に、フローラは背を反らせた。

「……ッ！　フローラッ‼」

フローラの背に腕を回したイヴァーノが、そのままぎゅっと彼女を抱きしめる。

どこかに飛んで行ってしまいそうな感覚と、逃がすまいと抱き留めてくれる感触。それが、どうしようもないほど愛《いと》おしかった。

ドクドクと流れ込む感触に、彼が今ので達したのだと知る。

「……ッ」

ぐったりとフローラに体重を預けた彼が、悔しそうに歯ぎしりする。

「……イヴァーノ様？」

声をかければ、ぎゅっとさらに腕の力が強まった。

そっと目の前の彼の髪に手を通せば、さらりと柔らかな感触がする。この人の腕の中にいられることが嬉しかった。

「イヴァーノ様、大好きです」

「……ッ」

ぎゅっとそのまま彼の頭に抱き着けば、一瞬彼が息を呑む。そのままぎゅっと腕に力を込められたかと思うと、そのまま体を起こされた。

二人繋がったまま、密着して抱き合う態勢になる。

「わたしも好きだよ。愛している」

そのまま深く唇を合わせられて、舌を絡ませる。いつの間にか硬度を取り戻したそれが、フローラの中をゆっくりと動き出す。

「あ……あ……んッ」

「あぁ、かわいい。わたしのフローラ。ずっとこの日を待っていた……」

ぐちゅぐちゅと擦りつけるように動かれれば、繋がった場所から甘い疼きが産まれる。

乳房の先端が、彼の胸板にあたってそれすらも気持ちがいい。

「ん……あ……あ……」

頬に、目尻に、と順にイヴァーノが口づけを落とす。

耳朶を噛まれ、中に舌を差し入れられ、ぐちゅぐちゅと直接濡れた音を差し込まれれば、それだけでぶるると身震いする。

「気持ちいいかい?」

耳元で囁かれて、フローラは何度も頷いた。

奥までイヴァーノの雄を飲み込んで、花芽が時折擦れるだけで刺激が走る。ぎゅっと彼の頭を抱えると、イヴァーノが眼前に晒された乳房を吸う。

「あ……あ……あぁ……ッ! きもちい、きもちいいのッ」

何度も中を穿《うが》たれて、自重で奥まで剛直を飲み込んで、苦しいけれど気持ちいい。

イヴァーノがフローラの尻たぶを掴むと奥へ奥へと己を押し込む。時にぐるぐると隘路の壁を抉《えぐ》られて、その気持ちよさにフローラは刺激を逃がそうと首を振る。

ごろりと再び寝かされると、顔の横に手をついたイヴァーノが唇を合わせながら大きく腰をグラインドさせる。

パンパンと肌がぶつかる音に混じって濡れた音が響く。

ひと際大きく奥を突かれて、フローラは声を上げて達した。

「あぁぁぁぁぁぁ……ッ！」

それと同時にイヴァーノが最奥で己の欲を開放する。

「……ッ‼」

ぎゅっと密着した肌に、安堵と安らぎを覚えて、フローラはそのまま意識を手放した。

怠《だる》い体を抱えて、フローラは次の日の昼に列車に乗った。言うまでもなく、豪奢な特別客室である。

広く開放的な空間であるのにもかかわらず、フローラはイヴァーノに抱きかかえられて長椅子に座り、足をなげだしていた。

この日は、王都で一度乗り換えて、北へ向かう列車の中だ。

婚姻を済ませたということで、フローラはイヴァーノと共に彼の領地へ向かっていた。

そこで一月ほどゆっくりと過ごす予定だ。

とはいえ、フローラに未だ現実感はない。

こうして列車に乗っていると、未だ巡礼の旅をしているのではないかという気になるのだ。もちろん、巡礼の旅は特別客室だなんて使えるはずもなかったが、聞こえてくるのは規則的な列車の走る音。

目を瞑れば錯覚しそうになる。

そううっかり口にしてしまったがために、フローラはずっと彼の膝の上で過ごすことになったのだ。自業自得とはいえ、ずいぶんといたたまれない。

それでも、たとえこれが幸せな夢であったとしても、それならば冷めない夢であればいいと思う。

それほどフローラは幸せで、幸福であった。

歌姫という夢を叶え、大好きな人に娶られて、こうして傍にいることができる。この先も、イヴァーノ専属の歌姫として彼の傍で歌いながら過ごすのだ。これほど幸せなことはないだろう。

フローラは、彼の人を振り返ってちゅっと触れるだけの口づけをする。

「イヴァーノ様、わたしを愛してくださって……見つけてくださってありがとうございます」

そのままぎゅっと抱き着けば、強い力で彼が抱き返してくれる。

「わたしの方こそ、ありがとう。フローラが愛を返してくれて嬉しいよ」

そして、二人は、サラが声をかけに来るまでこうして抱き合っていた。

あとがき

初めましての方も、そうでない方も、こんにちは！　白柳いちかです。

このたびは、『歌姫のたまごですが富豪侯爵に溺愛されています』をお手に取っていただき、本当にありがとうございます。楽しんでいただけましたでしょうか？

今回は、王道の（？）シンデレラストーリーを目指してみました。イメージは、あしながおじさんな感じですが、この『あしながおじさん』は、まったくもって硬派な感じはありません。まぁ、何と言っても育ちが育ちなので、お上品な要素は外面だけなのです。

イラストは、蜂不二子先生が描いてくださいました。可愛いフローラと、カッコいいイヴァーノをありがとうございます。この表紙の素敵さを何て言葉で表せばいいのか……。

また、編集様や出版社様を始めとした、本書に関わってくださった皆様、ありがとうございました。深く感謝申し上げます。

そして何よりも、こうして本作を呼んでくださった読者様、本当にありがとうございました。

また、こうしてお目にかかれることを、心より願っております。

白柳いちか

歌姫のたまごですが富豪侯爵に溺愛されています

Vanilla文庫

2023年6月5日　第1刷発行　定価はカバーに表示してあります

著　者　白柳いちか　©ICHIKA SHIROYAGI 2023
装　画　蜂 不二子
発行人　鈴木幸辰
発行所　株式会社ハーパーコリンズ・ジャパン
東京都千代田区大手町1-5-1
電話　03-6269-2883（営業）
0570-008091（読者サービス係）
印刷・製本　中央精版印刷株式会社

Printed in Japan ©K.K. HarperCollins Japan 2023 ISBN978-4-596-77496-5